Dagmar H. Mueller
Die Chaosschwestern starten durch!

AF630872

© Philip Price

DIE AUTORIN

Dagmar H. Mueller arbeitete als Skilehrerin, Musiklehrerin und PR-Texterin. All das konnte sie aber nicht von ihrer wahren Passion abhalten, dem Schreiben von Büchern. Dagmar H. Mueller arbeitet heute hauptberuflich als Autorin und lebt in England.

Von Dagmar H. Mueller ist bei cbj/cbt erschienen:

»Die Chaosschwestern legen los«
(Band 1, 22224)
»Die Chaosschwestern sind unschlagbar!«
(Band 2, 22231)
»Die Chaosschwestern voll im Einsatz!«
(Band 4, 22463)
»Die Chaosschwestern sind die Größten!«
(Band 5, 22549)
»Die Chaosschwestern gegen den Rest der Welt« (Band 6, 22602)
»Die Chaosschwestern leben wild!«
(Band 7, 22640)
»Die Chaosschwestern ganz geheim«
(Band 8, 15720)
»Die Chaosschwestern geben alles!«
(Band 9, 15721)

Dagmar H. Mueller

Die Chaosschwestern starten durch!

Mit Illustrationen
von Franziska Harvey

cbt

Sollte diese Publikation Links auf Webseiten Dritter enthalten, so übernehmen wir für deren Inhalte keine Haftung, da wir uns diese nicht zu eigen machen, sondern lediglich auf deren Stand zum Zeitpunkt der Erstveröffentlichung verweisen.

Dieses Buch ist auch als E-Book erhältlich.

Mit Dank an Petra und Hasan für türkische Wörter und an Susanne Walbohm für einen wunderbaren Nachnamen! Außerdem ein großes Danke an Beate Wilmshurst und an meinen Sohn Aaron für (fast) widerstandsloses Lesen und wertvolle Rückmeldungen während der Arbeit am Manuskript! Und ein extra Dankeschön an Sinan Rasch-Odabasi dafür, dass er mir seinen besonders schönen Vornamen geliehen hat! (Auch wenn er am Anfang gar nichts davon wusste und ich gut verstehen kann, dass es vermutlich ein kleines bisschen peinlich ist, in einem Mädchenbuch aufzutauchen …)

D. H. M.

MIX
Papier aus verantwortungsvollen Quellen
FSC® C014496

Verlagsgruppe Random House FSC® N001967

3. Auflage
Erstmals im cbj Taschenbuch März 2013
Gesetzt nach den Regeln der Rechtschreibreform
© 2011 für die deutschsprachige Ausgabe cbj Verlag, München, in der Verlagsgruppe Random House GmbH
Alle deutschsprachigen Rechte vorbehalten
Umschlagbild und Innenillustrationen: Franziska Harvey
Umschlagkonzeption: Basic-Book-Design, Karl Müller-Bussdorf
Lektorat: Kerstin Weber
MI · Herstellung: ReD
Satz: Uhl + Massopust, Aalen
Druck und Bindung: GGP Media GmbH, Pößneck
ISBN: 978-3-570-22357-4
Printed in Germany

www.cbj-verlag.de
www.die-chaosschwestern.de

Malea

Martini

11 Jahre

ist …

… Weltbürgerin (das zeigt doch wohl schon der hawaiianische Name!).

… Tiefseeforscherin (später).

… eine knallharte, gerissene, mit allen Wassern der Weltmeere gewaschene Spionin (so etwa wie James Bond, nur weiblich natürlich).

… keine Welle hoch genug. Als echte Surferin schreckt sie auch auf dem Land vor kaum einer Herausforderung zurück.

Kenny

Martini

7 Jahre

ist …

… Sternenguckerin (abends durchs Dachfenster).

… Ponybesitzerin (im Traum).

… große Schwester (eines Tages, wenn sie Mama endlich überredet hat, noch ein weiteres Kind zu bekommen. So lange ist sie leider nur »eine« Schwester. Aber ist doch völlig egal, ob die anderen älter oder jünger sind. »Klein« ist sie jedenfalls nicht.).

… gut drauf (»Lasst mich bloß in Ruhe!«).

… auf jeden Fall groß genug, um jederzeit mitzumachen, mitzureden und mit aufzubleiben.

Livi

Martini
13 Jahre
ist …

… irgendwie fehl am Platz in dieser Familie (nach Aussage von ihr selber) und kann den Gedanken nicht ganz aufgeben, als Baby im Krankenhaus vertauscht worden zu sein, nur leider sprechen alle familiären Fakten gegen diese Hoffnung versprechende Theorie.

… langweilig (nach Aussage von Malea).

… gaaanz toll (nach Aussage von Kenny, weil Livi oft mit ihr malt, bastelt oder ihr vorliest).

… eben eine von unzählig vielen Schwestern (nach Aussage von Tessa).

Tessa

Martini

15 Jahre

ist …

… schön (das ist nun mal so, dafür kann Tessa ja nichts).

… interessiert an fast allem (besonders am anderen Geschlecht, schließlich muss sie sich aufs Leben vorbereiten, und zu Hause hat sie nur wenig Anregung in der Beziehung – zumindest, was das andere Geschlecht angeht).

… wirklich nicht dumm.
(Wenn die Lehrer das endlich mal einsehen würden!)

… jeden Tag schwer beschäftigt (da gibt es ständig neue Telefonnummern zu sortieren, Make-up-Produkte zu vergleichen und Mails an Dodo, Tessas beste Freundin, zu schicken).

Livi

Was ich mir vom neuen Jahr wünsche:

- *Dass die schreckliche Legebatterie am anderen Ende der Stadt für immer geschlossen wird!*
- *Dass unser Dachstuhl endlich repariert wird und ich nicht ständig irgendwelche Schwestern einquartiert kriege, die dann bei mir auf dem Boden kampieren, und ich kaum noch irgendwohin treten kann (außer auf Schwestern)!*
- *Dass Gregory und ich weiterhin beste Freundinnen bleiben, und er nicht etwa denkt, dass dieser Kuss damals …*
- *Dass – seufz – ja, hm, also … ja, dass ich – ähm – vielleicht auch mal einen richtigen Freund …? Vielleicht sogar Daniel?*
- *Dass Iris und Cornelius aufhören zu nerven!*
- *Dass Rema und Walter Walbohm noch richtig lange glü …*

Hallo Liviii!«

»Ups, Kenny! Hast du mich erschreckt!«

Ich lasse den Stift fallen und fahre herum. Meine kleinste Schwester steht direkt hinter mir und guckt mir interessiert (man könnte auch sagen: *unverschämt indiskret!*) über die Schulter.

»Warum hörst du auf?« Kenny sieht mich aus den harmlosesten Augen der Welt an. »Was wolltest du da über Rema und Walter Walbohm schreiben?«

»Kenny, das ist MEIN Zettel!«

»Genau! Deswegen kann ich ja nicht wissen, was du schreiben wolltest.«

»Was machst du überhaupt hier? Wolltest du nicht nach dem Essen zu Bonbon-Bentje gehen?«

Bonbon-Bentje (so genannt wegen ihrer Vorliebe für bonbonfarbene Klamotten) ist Kennys herzallerliebste Freundin. Die beiden stecken zusammen vom morgendlichen Schulweg bis zum Abendbrot und oft sogar noch länger.

»Bentje musste plötzlich zum Zahnarzt«, antwortet Kenny und sieht so aus, als würde sie das persönlich beleidigen. »Die hat erst später Zeit. Vielleicht. Und du sollst sie nicht immer Bonbon-Bentje nennen!«

»Kommst du extra in mein Zimmer, um mir das zu sagen?«, frage ich.

»Nö«, meint Kenny, »was für 'n Quatsch. Wieso sollte ich denn dafür in dein Zimmer kommen?«

Eben. Ich seufze. So kommen wir nicht weiter.

»Kenny, ich würde jetzt gerne was schreiben!«

»Mhmm…« Kenny wühlt in ein paar Stapeln Papiere auf meinem Schreibtisch. »Boah, Livi, du hast immer so viele Zettel hier liegen, wo so komisches Zeug draufsteht, das man gar nicht verstehen kann!«

»Das da sind nur Artikel über Global Warming«, versuche ich zu erklären.

»Über *was*?« Kenny guckt mich an, als hätte ich nicht alle Hühnerfedern beisammen. Dann zieht sie eine gelangweilte Flunsch und legt die Artikel zum Glück wieder zurück.

Oh, wie ich es hasse, wenn meine Schwestern in meinem Zimmer rumstöbern!

»Du, Livi«, fährt Kenny ungerührt fort.

Ich seufze ein zweites Mal. Obwohl ich meine kleinste Schwester natürlich lieb habe wie Schokoladenkuchen, aber jetzt würde ich wirklich gerne …

»Du, Livi, wieso schreibst du überhaupt all diese Sachen auf, wie auf einem Wunschzettel? Weihnachten ist doch längst vorbei! Und wieso wünschst du dir nichts Richtiges, wie zum Beispiel einen Hund oder ein neues Fahrrad oder ein Ponyfarm-Computerspiel?«

Ich atme tief ein und versuche, bis zehn zu zählen. Zum Glück neige ich nicht zu Wutausbrüchen wie meine andere kleine Schwester Malea (oder Cornelius, mein Vater!), sondern kann, glaube ich, mit Stolz behaupten, dass ich ein ausgesprochen ausgeglichenes Temperament habe!

»Weil man das am Beginn des neuen Jahres so macht, Kenny.«

»Man schreibt komische Sachen auf?«

Ich seufze ein drittes Mal. »Man schreibt die Dinge auf, die man sich wünscht.« Ich mache eine Pause, gucke meiner Schwester streng ins Gesicht und nehme mir vor, noch heute ein Vorhängeschloss für meine Tür zu kaufen. »Damit sie in Erfüllung gehen. Und diese Dinge sind übrigens privat.«

»Was heißt *privat*?«, fragt Kenny.

»Dass es dich nichts angeht!«

Kenny sieht augenblicklich tief beleidigt aus. Und auch ein wenig getroffen. Uff! Sofort bereue ich, so unfreundlich gewesen zu sein. Schließlich ist Kenny doch erst sieben und hat ja nichts Böses im Sinn!

»Du bist doof, Livi!« Kenny schiebt ihre Unterlippe vor und schmollt.

Ich grinse. »Komm schon, Kennylein, lass mich doch bitte noch ein bisschen in Ruhe, ja? Ich will das hier zu Ende schreiben.«

»Und dann?«

»Dann können wir meinetwegen was zusammen machen.«

»Wollen wir endlich mal Frösche küssen gehen?« Bei dieser Vorstellung hellt sich Kennys Gesicht augenblicklich auf.

»Kenny! Es ist Januar! Da gibt es keine Frösche. Die halten alle Winterschlaf.«

Kenny schiebt ihre Unterlippe vor und überlegt eine Weile. »Wir könnten doch hinten im Garten welche aufwecken. Ich wette, wenn wir tief genug in den Teich hineinlangen, finden wir jede Menge. Die könnten wir doch dann schön im Warmen trocken föhnen und dann ...«

Ich lache. »Nein, nein, bitte nicht!«

Doch so schnell gibt Kenny nicht auf. »Warum denn nicht? Willst du nicht auch endlich einen richtigen Prinzen abkriegen?«

Ich werfe einen hastigen Blick auf meinen Neujahrszettel. Hat sie das mit dem Kuss und dem Freund gelesen? Hat sie vielleicht sogar das Wort *Daniel* gesehen? Ich gucke sie durchdringend an.

Kenny sieht aus, als wäre sie ein kleiner Engel und direkt vom Himmel gefallen. Sie klimpert lieblich mit ihren kurzen Wimpern und verzieht den Mund zu einem süßsanften Lächeln. Die kleine Ratte!

»Es gibt keine Prinzen auf der Welt«, behaupte ich einfach – vielleicht etwas harscher als nötig.

Kenny bleibt ungerührt. »Gibt es doch! Bentje sagt ...«

»KEEENNY?« Von unten dröhnt Maleas Stimme die

Treppe hoch. Meine nicht mehr ganz so kleine Schwester ist alles andere als schüchtern.

»NICHT SO LAUT! REMA SCHLÄÄÄFT, GLAUBE ICH!«, schreit Kenny noch lauter durch die offene Tür zurück.

»ICH MUSS JETZT LOS ZUM NACHMITTAGSUNTERRICHT, BIS SPÄTER!«, plärrt Malea zurück. »SAG REMA, ICH BIN ZUM ABENDBROT WIEDER DA!«

»OKAY!«, brüllt Kenny freundlich in den Flur.

Hilfe! In was für einer Familie muss ich hier nur leben?

Nicht genug, dass ich mit komplett durchgeknallten Eltern wie Iris und Cornelius geschlagen bin! Nein, ich habe auch noch drei Schwestern, von denen *eine Einzige* für jeden normalen Haushalt schon zu viel wäre.

Allerdings ist unser Haushalt natürlich nicht normal.

Das fängt schon mit unserer Rema – unserer REnateoMA – an. Obwohl Rema wirklich im wunderbarsten Sinne *nicht normal* ist. Ich meine, sie ist nicht wie andere Omas (oder wie man denken würde, dass andere Omas sein sollten), die stricken, kochen, kuscheln und kleinen Schwestern Bilderbücher vorlesen und so was eben. Das heißt – kuscheln tut Rema schon gerne. (Und im Moment sogar nicht nur mit uns! Haha!!) Aber Stricken und Vorlesen gehören nicht unbedingt zu ihren vorrangigen Beschäftigungen.

Früher, als wir noch in der Grundschule waren, hat sie uns jeden Samstag auf eine Demo geschleppt – für den Weltfrieden, gegen Tierversuche oder was sonst so angesagt war. Danach kriegten wir ein fettes Eis, unten im Bella Roma, und gingen dann gut gelaunt nach Hause. Das war Remas Vorstellung von Etwas-mit-den-Enkeltöchtern-unternehmen. Kein Wunder, dass ich so im Umweltschutz engagiert bin! (Hm. Aber wieso ist davon so wenig bei meinen Schwestern hängen geblieben?)

Unsere Rema ist jedenfalls einfach die Beste auf der Welt! Die würde ich gegen nichts eintauschen!

Iris und Cornelius dagegen könnte ich ganz gut 'ne Zeit lang entbehren, glaube ich. Zumindest momentan. Natürlich nicht für immer. Ich mag meine Eltern im Grunde ja. (Ehrlich!) Aber manchmal wäre es vielleicht ein wenig einfacher, sie – ähm – aus der Entfernung zu mögen.

Cornelius spinnt ja immer ein bisschen, was er damit rechtfertigt, dass er Musiker ist. (Woran man schon mal sehen kann, was für idiotische Gedankengänge der Mann hat! Als ob Musiker immer Spinner wären!) Aber Iris dreht sonst eigentlich nur am Rad, wenn sie unter Druck mit einem ihrer Abgabetermine ist. Iris ist Autorin. Kitschromanautorin.

»Das ist ein ehrenwerter Beruf«, behauptet sie immer. »Und überhaupt sind Kitschromane heutzutage die einzigen Romane, mit denen man noch Geld verdienen kann.«

Allerdings – wenn das so ein ehrenwerter Beruf ist –, warum dürfen wir dann niemandem, aber auch absolut niemandem verraten, dass Iris genau damit unsere Familie ernährt?

Wir alle, Cornelius, Rema, Kenny, Malea, Tessa und ich, sind zu allerheiligstem Stillschweigen darüber verpflichtet. Ein bisschen peinlich ist es Iris also doch! Verständlich, bei Titeln wie »Das Rauschen der Gefühle bei Wellengang« oder »Zarte Liebesjodler in Bad Inn« oder »Schwester Christine im Glück«…

Die offizielle Version lautet jedenfalls, dass Iris unser Geld mit Kochbüchern verdient. Von denen sie tatsächlich auch einen ganzen Haufen schreibt. Wie der Verlag sich allerdings dazu bewegen lässt, die dann auch immer wieder zu drucken, ist mir ein Rätsel. Vielleicht laufen sie dort unter der Rubrik »Humorvolles«. Denn essen sollte man die Gerichte von Iris nur im Notfall. Oder nur, wenn man einen besonders robusten Magen hat.

Ja ehrlich, Iris und Cornelius sind schon zu normalen Zeiten anstrengend genug. Aber momentan scheinen sie völlig durchzudrehen. Beinahe täglich – eigentlich seit Weihnachten – fliegen die Fetzen, dass man Angst kriegt, der Rest unseres Hauses könnte auch noch einstürzen (was vermutlich nicht mal sehr unwahrscheinlich ist, so alt wie das Haus ist und so ungeschickt wie Cornelius ab und zu versucht, ein paar abgefallene Bretter des kaputten Daches an den unmöglichsten Stellen wieder anzunageln).

Ich hab keine Ahnung, worum es in diesen grässlichen Ehestreits geht. Ich weiß nur, dass ich bestimmt niemals heiraten werde, wenn heiraten heißt, sich gegenseitig hinter verschlossenen Türen (zum Glück wenigstens das!) anzuschreien. Was genau sie sich gegenseitig an den Kopf werfen, haben wir bis jetzt noch nicht wirklich mithören können, aber es sind eine Menge Sätze dabei, die mit »DU hast …« oder »Nein, DUUU hast …« und »Wenn ich GEWUSST hätte …« beginnen.

Da wird einem als Tochter ganz mulmig.

Ich meine, man glaubt ja immer, dass schlimme Sachen nie einem selbst passieren, aber in unserer Schule gibt es haufenweise Kinder mit geschiedenen Eltern. Und sosehr mir Iris und Cornelius auch auf die Nerven gehen, die Vorstellung, dass sie sich plötzlich scheiden lassen könnten, ist … ist …

… nicht schön.

Dieses Mal muss ich wohl ziemlich tief geseufzt haben,

denn Kenny guckt mich erstaunt an. »Alles in Ordnung, Livi?«

»Klar, Kenny!« Ich versuche ein Lächeln. (Warum kann sie mich nicht endlich hier in Ruhe schreiben lassen?)

Kenny scheint meine Gedanken ganz und gar nicht zu erraten. Oder aber sie ignoriert sie in der ihr eigenen engelhaft sturen Art. »Meinst du denn, das funktioniert?«

»Was soll funktionieren?«

»Na, wenn du das aufschreibst«, sagt Kenny, »werden die Wünsche dann wahr?«

»Na ja ...« Ich lächele. »Eigentlich sind das Vorsätze. Nicht so richtig Wünsche. Also ...« Da fällt mir ein, dass Kenny das mit dem Freund bestimmt doch gelesen hat. In Lesen hat sie nämlich eine Eins, die kleine Kröte!

Kenny will gerade etwas erwidern, da brüllt Malea ein zweites Mal von unten.

»KENNY! DIE SPÜLMASCHINE! *ICH* MACH ES NICHT, ICH MUSS JETZT ECHT LOS!«

»Hast du Küchendienst, Kenny?«

»Ach, pah«, macht Kenny und bläst ihre Backen muffelig auf.

»Sag mal«, frage ich, als Kenny schon auf halbem Weg zur Tür ist, »was wolltest du eigentlich?«

»Ach so, ja.« Kenny stoppt. »Gregory sitzt unten im Wohnzimmer und wartet auf dich.«

»Gregory ist unten?« Ich fahre im Stuhl herum. Schon über eine Stunde warte ich auf ihn. Wir wollten noch mal rüber zur Hühnerfabrik und eventuell ein paar Fotos machen, die wir bestimmt gut zur Vorbereitung unserer großen Aktion am Freitag (ENDLICH!) gebrauchen können. »Wieso sagst du mir denn nichts? Der arme Kerl! Wie lange sitzt er da schon?«

»Och, schon 'ne ganze Weile. Aber mach dir keine Sorgen, Livi!« Kenny macht eine wegwerfende Handbewegung. »Der langweilt sich nicht. Dem habe ich was zu tun gegeben.«

Ich grinse. »Echt, Kenny! Der arme Gregory! Hast du ihn etwa gezwungen, Cornelius bei irgendwelchen Sachen zu helfen oder sich mit ihm über unseren kaputten Dachstuhl zu unterhalten?«

Kenny guckt mich erstaunt an. »Nö, er unterhält sich nicht mit Papa. Er liest.«

»Ach nee.« Ich grinse noch spöttischer. »Und was gibt es da unten zu lesen außer den Grusel-Kochbüchern von Iris und Cornelius' Musikmagazinen?«

»Dein Tagebuch«, antwortet Kenny mit beinahe stolzem Gesichtsausdruck. »Ich hab ihm alles aufgezählt, was ich ihm holen könnte, und dein Tagebuch fand er am interessantesten. Lustig, was?« Sie guckt wirklich und wahrhaftig stolz und zufrieden. »Er hat sogar gesagt, ich könne mir jetzt ruhig Zeit lassen, dir Bescheid zu geben.«

Ich japse nach Luft. Und versuche, das plötzlich auftretende Verlangen, meiner kleinsten Schwester an die Gurgel zu gehen, tapfer zu unterdrücken. Wie gesagt, ich neige nicht zu Wutausbrüchen.

Normalerweise.

»Du hast WAAAAAS?!«

Livi

Was ich im alten Jahr zurücklassen will:

- *Zimmertüren ohne Vorhängeschloss! (Unfassbar, dass meine kleine Schwester einfach hereinspaziert und mein Tagebuch klaut, ohne dass ich was merke!)*
- *Wutanfälle! Obwohl ich die natürlich kaum mehr kriegen werde, sobald erst ein dickes, fettes Schloss an meiner Tür baumelt.*
- *Das Gefühl, dass ich hässlich bin. Denn die Fotos, die in der neuen Annette erschienen sind, sehen klasse aus. Na ja, auch wenn ich da nicht wirklich wie ich aussehe. Aber eins ist ohne Zweifel wahr: Dass das nämlich trotzdem ich bin, die dort auf den Modefotos in die Kamera lächelt. Und ich BIN hübsch (äh, sagen jedenfalls alle). Trotz roter Haare.*
- *Vielleicht auch meine Schüchternheit? Ich meine, wenn es darum geht, Hühner aus miesen Legebatterien zu retten oder auf der Straße Leute davon zu überzeugen, dass wir nur alle zusammen was gegen das Ozonloch tun können, dann bin ich natürlich nicht schüchtern. Ist ja auch total wichtig, in solchen Fällen laut und mutig zu sein! Aber wenn es um mich persönlich geht … oder vielleicht sogar um Daniel … Ja, hm … ja, ich glaube, es wäre schön, nicht mehr schüchtern zu sein!*

Ich habe einen neuen Rekord aufgestellt. Im Vom-Schreibtischstuhl-Aufspringen und Treppe-Runterstürzen und Wohnzimmertür-Aufreißen und »GREGORY! GIB DAS SOFORT HER!!!«-Brüllen. Dreieinhalb Sekunden für zwei Stockwerke, einen langen Flur und eine große Schwester, die unten gerade durch die Haustür kam und mir so auch noch im Weg stand! Gregory hob seinen Kopf, guckte mich mit seinem typischen, leicht amüsierten Gesichtsausdruck an, ließ sich willig das Buch aus den Händen reißen und sagte dann ganz ruhig: »Livi, hey! Reg dich nicht auf! Ich hab die privaten Stellen taktvoll übersprungen.«

Die *privaten* Stellen? Ein Tagebuch ist KOMPLETT privat! Von vorne bis hinten! Das ist doch wohl klar, du Kleckerhirn!

Ein wenig störte mich auch das beinahe spöttische Grinsen, das ihm dabei um die Lippen zuckte. »Wie kannst du es wagen, mein Tagebuch zu lesen!«

Das Grinsen wurde breiter. »Kenny hat es mir praktisch aufgedrängt. Sie wollte nicht, dass ich mich langweile, sie ist wirklich sehr fürsorglich.«

»Oooouuuu …!« In einem Comic wären mir jetzt wahrscheinlich Schaumblasen aus dem Mund gequollen oder wenigstens Blitze aus den Augen gezischt.

In einem Anflug von wilder Hoffnung blätterte ich schnell in den ersten Seiten rum, um zu sehen, was genau Gregory gelesen haben könnte. Meinetwegen kann er gerne wissen, was ich über die Rolle der Vereinigten Staaten im Kampf (oder besser Nichtkampf!) gegen das Ozonloch denke. Oder auch, wie viele Stunden meine große Schwester Tessa täglich vor dem Spiegel verbringt, um ihre blonden Locken in Form zu zupfen (nämlich vier bis sieben), und wie dämlich sie dabei aussieht.

Nicht wissen sollte er allerdings, was ich über Daniel denke, und dass ich mir mal vorgestellt habe, wie er und ich zusammen …

Gregory guckt mir ohne eine Spur von Verlegenheit direkt in die Augen. »Zum Beispiel habe ich die Seiten, auf denen du dir vorstellst, auf eine richtige Polarexpedition zu gehen, um die Auswirkungen der Erderwärmung auf die Eisbären zu erforschen, und wie du dann mit einem weiteren Expeditionsteilnehmer von den anderen getrennt wirst und mit ihm auf einer Eisscholle davontreibst und du und er dabei …«

Na toll, er HATTE die Stelle mit Daniel gelesen!

Meine Augen schossen messerscharfe Eisstückchen, frisch von der erstbesten Polareisscholle, in Gregorys Richtung.

Gregorys Grinsen hatte allerdings in der Zwischenzeit ebenfalls an Gelassenheit verloren und sah nun fast genauso feindselig aus. »Jedenfalls wollte ich sagen, dass ich diese Seiten NICHT gelesen habe. Mach dir also bitte keine Sorgen!«

Die letzten Worte klangen nicht nur sarkastisch, sondern richtig böse.

Frechheit! Bitterböse zu sein, hatte hier ja wohl nur *eine* Person das Recht! Was – bitte – geht's ihn denn an, ob ich gerne mal mit Daniel auf einer kleinen Eisinsel davontreiben würde oder nicht! Kann ja wohl jeder seine eigenen PRIVATEN Fantasien haben! Gucke ich Gregory etwa bei seinen Computerspielen über die Schulter?

Wir funkelten uns eine Weile schweigend an.

Dann tapste Kenny ins Zimmer. »Huhu!« Sie stoppte. »Na? Wieso steht ihr hier so doof rum?« Sie guckte erstaunt von Gregory zu mir und dann zurück zu Gregory.

»Mama lässt fragen, ob ihr beiden vielleicht etwas Nachtisch wollt.« Sie popelte ein bisschen in der Nase.

Kenny popelt gerne mal ein wenig. Besonders wenn sie verlegen ist. Behauptet jedenfalls Iris zu ihrer Verteidigung. Da Kenny aber wirklich alles andere als schüchtern ist und daher – zumindest *meiner* Meinung nach – auch nicht zu allzu großer Verlegenheit neigt, finde ich das nur schwer nachvollziehbar. Jedenfalls wenn man sich die Häufigkeit ansieht, mit der ihr kleiner Zeigefinger in einem ihrer bereits ziemlich ausgebeulten Nasenlöcher verschwindet.

»Also, wollt ihr?«, fragte Kenny.

Gregory entspannte sein Gesicht und wendete sich meiner kleinen Schwester zu.

»Was gibt's denn heute?« Er flüsterte beinahe und ließ seine Stimme für Kenny extra geheim klingen.

Gregory weiß nicht nur die Kochkünste von Iris richtig einzuschätzen, sondern auch meine Schwestern. Jeder weiß, dass Kenny zusammen mit ihren Lieblingsfreundinnen Bonbon-Bentje und Romy einen Geheimclub hat. Was dieser Geheimclub eigentlich macht, wissen wir natürlich nicht. Schließlich ist er ja geheim! (Haha.) Aber klar, dass Kenny hocherfreut ist, wenn jemand ihren Geheimfimmel ernst nimmt.

Über Kennys Gesicht ging sofort ein Strahlen.

In genauso geheimclubleisem Ton flüsterte sie zurück: »Marzipanröllchen mit Meerrettichschaumfüllung.«

»Oh«, machte Gregory bemüht neutral und diplomatisch.

Seitdem er bei uns fast täglich isst (seine Fernsehmoderatorinnen-Mutter ist ja meistens zu beschäftigt mit Schlafen oder Auf-Partys-Gehen), ist er so einiges gewohnt. Aber manchmal haut es sogar ihn noch aus den Socken.

»Ähm …«, machte Gregory gleich danach, weil er offenbar nicht wusste – Diplomatie hin oder her –, was er sagen sollte.

»Magst du das nicht?«, fragte Kenny freundlich.

»Na ja«, antwortete Gregory.

Ich musste beinahe grinsen. Aber nur beinahe. Deshalb grinste ich natürlich nicht, sondern guckte weiter stockböse. Schließlich waren wir mit dem Thema Tagebuch noch ganz und gar nicht durch. Ich jedenfalls nicht!

Kenny guckte mich an. »Was ist eigentlich Meerrettich? Ist das auch so ’ne Meeresfrucht? Müssen wir Malea davor beschützen?«

Malea ist allergisch gegen alles, was aus dem Meer kommt.

Nun lachte Gregory. »Nein, das hat nichts mit Meeresfrüchten zu tun. Malea kann das problemlos essen. Aber ist sie nicht gerade weg zum Nachmittagsunterricht?«

»Mhmm«, nickte Kenny, aber ein Hoffnungsstrahl huschte über ihr Gesicht. »Dann kann ich ihr also meinen eigenen Nachtisch später schenken?«

»Hast du denn schon probiert?«

»Ja, hab ich«, antwortete Kenny und schenkte Gregory ein verschmitztes Grinsen.

(Wieso eigentlich haben meine große und meine kleinste Schwester es so drauf, Jungs um den Finger zu wickeln? Bei Kenny wirkt es allerdings nicht nur bei Jungs, sondern auch bei mir …)

Jetzt musste ich doch lächeln.

Keine von uns bringt es übers Herz, Iris endlich die Wahrheit über ihre Kochkreationen zu sagen. Sie liebt das Kochen so sehr! Und wir lieben Iris. Also probieren wir, damit zu leben. Mit beiden. Mit ihr und mit den ungenießbaren Mahlzeiten.

Gregory natürlich, der ja mit nichts anderem als Dosenfraß aufgewachsen ist, weil seine Mutter wegen ihrer Fernsehkarriere sowieso kaum jemals zu Hause war, der ist immer noch froh über jede gekochte Mahlzeit, die ihm jemand vorsetzt. Anscheinend ist aber bei der Kombination von Marzipan und Meerrettich sogar seine Geschmacksgrenze erreicht.

»Möchtest du Malea vielleicht auch *meinen* Nachtisch schenken?«, schlug er Kenny vor.

»Hihihi«, giggelte Kenny verschwörerisch als Antwort.

Zum Glück konnte Iris, die direkt in diesem Moment ins Zimmer kam, nicht mehr hören, worüber sie kicherte. »Oh, hallo Gregory, du bist auch hier! Wie schön!«

Das war's dann. Nicht mal Gregory fand jetzt noch einen Ausweg, um halbwegs höflich aus der Marzipanmeerrettichröllchen-Nummer rauszukommen.

»Schmeckt's dir?«, fragte Iris wenig später glücklich, als wir alle schweigend um den Küchentisch versammelt waren.

Fast alle. Tessa hatte sich damit entschuldigt, schon in der Schule gegessen zu haben und nun gleich drüben Javier und dessen Freund Ramón abholen zu müssen, die bei unserem Nachbarn Walter Walbohm für ein paar Wochen wohnen. Die clevere Nudel! Wahrscheinlich gibt es bei Walter was leichter Verdauliches. Ich weiß allerdings, was sie danach machen werden, denn heute ist endlich der erste Nachmittag, an dem Tessa ihre verlorene Wette mit mir ableisten muss. Hahaha! Zettel zu verteilen und mit Leuten über ein vernünftiges Thema zu reden, wird ihr guttun. Schade, dass ich damals nicht mehr Nachmittage verlangt habe.

»Oh ja, echt lecker!«, behauptete Gregory und lächelte Iris tapfer an.

Der Dummkopf! Denn das gab mir natürlich eine wunderbare Gelegenheit, mich an ihm wegen des Tagebuchs zu rächen.

»Super, dann kannst du gerne auch noch den Rest von meiner Portion haben«, sagte ich freundlich und schob ihm mein Schälchen rüber. »Ich bin noch total voll vom Mittagessen.«

Und das war ich wirklich. Dafür hatten bereits zwei Bissen vollkommen genügt. (Rotkohl-Saure-Gurken-Eintopf mit Blaubeeren. Und ehrlich: Sauer macht NICHT lustig!)

Gregory ist meine allerbeste Freundin. Aber das heißt natürlich nicht, dass ich ihm davon erzähle, was ich über Daniel denke. Irgendwie habe ich das Gefühl, dass er das auch nicht gerne hören würde. Beste Freundin hin oder her.

Gregory schoss mir einen Blick wie Sturmgewitter über der Nordsee rüber. Ich lächelte zuckersüß zurück (wie das sonst nur meine Hinternwackel-Schwester Tessa und Zuckerpüppchen Kenny beherrschen).

Iris merkte nichts. Stattdessen schaute sie strahlend in die Runde. »Prima! Wenn alle satt sind, würde ich gern noch etwas sagen. Ich habe nämlich eine Überraschung, Kinder!« Iris guckte noch strahlender. »Eine richtig dicke Überraschung!«

Mir krampfte sich der Magen warnend zusammen. Ganz offenbar handelte es sich um etwas, das Iris für großartig hielt. Was unter den allermeisten Umständen nicht unbedingt das ist, was auch der Rest der Familie für großartig hält. Was konnte das sein? Eine neue wundervoll exotische Nahrungsmittelkombination? (Würg!)

Oder war ihr möglicherweise eine feste Anstellung in der Küche des kleinen Zoos bei uns in der Stadt angeboten worden? Vielleicht reagieren Wölfe und Hängebauchschweine ja dankbarer auf Iris' Kochkünste ...? Ich jedenfalls wäre mehr als dankbar für JEDE feste Stelle, die ihr angeboten wird.

Bei dieser Vorstellung keimte etwas wie Hoffnung in mir auf und ich sah sie erwartungsvoll an. Wenn zumindest einer von unseren Eltern mal für ein paar Stunden aus dem Haus käme und uns nicht rund um die Uhr auf der Pelle hockte, hätten wir vielleicht doch noch eine klitzekleine Chance, eine halbwegs normale Familie zu werden.

Doch Iris sagte nichts, sondern sah sich stattdessen suchend in der Küche um, so als ob sich vielleicht noch jemand unter dem Küchentisch versteckt haben könnte. Was natürlich – mal ehrlich – bei uns tatsächlich nichts Ungewöhnliches wäre.

»Wo ist denn Rema?«, fragte sie.

(Oh, da muss ich aber Rema verteidigen, sie sitzt wirklich nur ganz selten unter Tischen.)

Gregory guckte für alle Fälle hilfreich suchend vom Fußboden zur Decke hoch und dann an allen Schränken entlang. (Nicht dass unsere wohlig weiche und sehr runde Rema in einen unserer schmalen Küchenschränke gepasst hätte ...)

Ich lächelte bloß schwach und äußerte die Vermutung, dass Rema ebenfalls bei Walter Walbohm drüben sein könnte.

Über Iris' strahlende Miene huschte ein kleiner Schatten. »Ja, zieht denn jetzt hier einer nach dem anderen bei Walter ein?«

Unser supernetter Nachbar Walter Walbohm hat sich wieder bereit erklärt, Tessas spanischen Freund Javier und dessen Kumpel Ramón bei sich aufzunehmen. Ganz einfach weil es bei uns im Haus – so groß es auch ist – immer noch nicht genügend Schlafplätze gibt. Der Teil des Dachstuhls, der vor zwei Monaten eingekracht ist – oder besser, den Iris und Cornelius haben einkrachen lassen –, ist ja noch nicht wieder heil.

Das ist auch genau der Grund, warum Javier und Ramón wieder da sind. Nämlich um mit Walter zusammen endlich unser oberstes Stockwerk zu reparieren und wieder bewohnbar zu machen.

An der besorgniserregenden Tatsache, dass Cornelius davon überzeugt ist, dass er bei dem Bau ebenfalls tatkräftig anpacken wird, arbeiten wir noch. Will sagen: Wir bemühen uns alle gemeinsam darum, Cornelius genau davon abzuhalten. Vom Anpacken nämlich. Schließlich wollen wir ein sicheres Haus haben und nicht ein Dach, das bei der ersten Hüpfseil-Attacke von Kenny und Bonbon-Bentje ein weiteres Mal einstürzt. Auch wenn Cornelius das nicht gerne hört, handwerkliche Tätigkeiten gehören nicht gerade zu seinen Stärken.

»Ich fände es schön, wenn alle da wären«, meinte Iris eine Spur enttäuscht. »Es ist nämlich eine *wirklich* große Überraschung.« Nun breitete sich doch wieder ein Lächeln auf ihrem Gesicht aus.

Sie fing an, die Nachtisch-Schüsseln zusammenzustellen. (Gregory hatte beide Portionen wacker verdrückt und sah erstaunlicherweise nur ganz wenig grün im Gesicht aus.)

Iris seufzte, lächelte aber immer noch. »Na gut, dann

werde ich mich eben bis zum Abendessen gedulden müssen! Dann sind ja auch Tessa und Malea wieder da.« Sie guckte mich und Gregory an. »Sagt ihr bitte Rema Bescheid, dass sie kommt? Sie kann Walter gerne mitbringen. Und Javier und Ramón natürlich auch.«

»O. K.« Ich nickte brav. Machte mir aber nun doch wieder große Sorgen. Denn Überraschungen, die mit Iris oder Cornelius zu tun haben, nehmen gelegentlich keine allzu gute Wendung…

Oh Mann, wenn ich jetzt so drüber nachdenke, wird mir klar, dass ich genau an dieser Stelle die fiese Sache mit dem Tagebuch völlig vergessen haben muss!

Jedenfalls standen Gregory und ich kurz darauf auf, um endlich zur Hühnerfabrik rüberzumarschieren. Ich schulterte meine brandneue, superteure, von meinem eigenen selbst verdienten Geld gekaufte Kamera und dachte nur noch an die armen, zu Hunderten in riesigen Hallen eingequetschten, unglücklichen Hühner.

Bis mir jetzt eben auf dem Weg mitten durch die Stadt der gemeine Tagebuchklau wieder einfällt! Augenblicklich gucke ich Gregory finster an.

»Hoho! Was ist denn los?« Gregory guckt verdattert zurück. »Hast du gerade Blähungen bekommen? So schlimm waren die Marzipanröllchen doch gar nicht!«

Blähungen, pah!

»Hast du vor, noch öfter mein Tagebuch zu lesen?«, frage ich ziemlich giftig zurück.

»Livi! Also echt!« Gregory atmet tief aus und sieht mich vorwurfsvoll an. Dann besinnt er sich eines Besseren. »Es tut mir leid, okay? Ich dachte nicht, dass das so ein Riesending ist!«

»*Wie bitte?* Du dachtest nicht, dass …«

Doch genau in diesem Moment bleibt mir das Wort im Halse stecken. Denn genau in diesem Moment verliert ein Stückchen vor uns auf der Hauptstraße jemand die Kontrolle über sein Fahrzeug. Das viel zu schnell fahrende Auto fängt ganz merkwürdig zu schleudern an. Quietscht wie blöde. Rammt erst den einen Kantstein, dann den anderen. Und rast plötzlich auf uns zu.

Eine Sekunde später fühle ich einen heftigen Stoß. Keinen Schmerz.

Der Stoß hebt mich in die Luft.

Immer noch kein Schmerz.

Aber ich höre einen dumpfen Schrei neben mir. War das Gregory?

Ich registriere, dass ich fliege, und dann …

… wird alles dunkel.

Malea

Na super, das neue Jahr fängt echt gut an! Aber:
Erste James-Bond-Regel: Immer cool bleiben!
Zweite James-Bond-Regel: Immer höflich bleiben!
Dritte James-Bond-Regel: Nichts anmerken lassen!
Absolut gar nichts. Nie. Egal was.

Wer hat sich das mit dem platschdoofen Nachmittagsunterricht bloß ausgedacht!

Und jetzt ist auch noch die Heizung ausgefallen und wir bibbern wie blöde um die Wette. Sogar Frau Heinzig da vorne. Obwohl die trotz der Kälte immer noch redet wie die Samstagabend-Lottofee. Möchte wissen, was es da zu lächeln gibt, wenn man von so was Langweiligem wie Karl dem Großen und Pippin dem Kurzen faselt und ab und zu unverständliche Zahlen an die Tafel kritzelt.

Gibt es vielleicht auch Otto den Dickbauch und einen Hannibal den Hungerhaken? Hahaha!

Ach nee, Hannibal war ja so 'n anderer Typ, der irgendwas mit Elefantenreiten in den allerschönsten Skigebieten gemacht hat. Weiß nicht mehr genau, wieso. Aber – ehrlich! – Elefanten im Schnee! Die trampeln doch die ganzen Pisten kaputt! Daran sieht man mal, was Geschichtsunterricht für ein Unsinn ist. So was ist ja wohl nicht wirklich passiert!

Ich gucke nach draußen und sehe, dass tatsächlich wieder, wie heute Morgen schon, ein paar Flöckchen fallen. Und immer mehr und mehr und mehr… Klasse! Da können Kenny und ich heute Abend vielleicht noch einen Schneemann im Garten bauen.

»Malea?«

Warum lernen wir eigentlich nichts Vernünftiges? Etwas, das man zur Abwechslung WIRKLICH gebrauchen könnte?

Wie man Leute beschattet zum Beispiel (obwohl ich das schon ziemlich gut kann). Oder wie man sich wehrt, wenn einen zwölf muskelbepackte Gorillas mit Maschinengewehren angreifen, und wie man dann alle zwölf auf einmal ohne eigene Kratzer schachmatt setzt. James Bond kann das! Aber über James Bond hat die lächelnde Frau Heinzig noch nie geredet!

»MALEA?«

»Äh, ja?«

»Alles in Ordnung?« Die herzige Frau Heinzig lächelt immer noch.

Wahrscheinlich hat sie sich das Lächeln ins Gesicht operieren lassen und kriegt es nun nicht mehr weg. Arme Frau! Manche Erwachsene machen ja echt total beknackte Sachen, die man als klar denkende Elfjährige nicht für möglich halten würde.

»… möchte ich, dass du dich deswegen bitte nach vorne an die Tafel begibst!«

»Äh, was?«

»Sag mal, hörst du mir eigentlich zu, Malea?«

»NATÜRLICH!« Ich richte mich kerzengerade auf und

schaue Frau Heinzig treu und brav in die Augen. Zweite James-Bond-Regel: Immer höflich bleiben!

»Na prima«, meint die lächelnde Lottofee, »dann kann ja nichts schiefgehen.« Sie winkt mich nach vorne.

Ich habe nicht die leiseste Ahnung, was ich da vorne soll. Ich werfe Brenda, Lasse, Miriam und sogar Sophie einen auffordernden Blick zu. Schließlich kommt auch James Bond nicht ganz ohne Freunde aus. Nur gemeinsam kann man die Welt retten. Und jetzt könnten Brenda, Lasse, Miri oder Sophie zur Abwechslung doch mal mich retten!

Brenda hat ihre Augen weit aufgerissen und sieht beinahe so verzweifelt aus, wie ich mich fühle. Ganz offenbar hat sie auch keinen Schimmer von Geschichte.

Dritte James-Bond-Regel: Nichts anmerken lassen!

Ich gehe also unbeeindruckt tapfer weiter nach vorne.

Lasse rafft überhaupt nicht, was passiert, weil er unter dem Pult mit seinem Game-Boy spielt.

Sophie quatscht mit Carla und scheint ansonsten nicht im Mindesten daran interessiert zu sein, ob ich hier gleich hilflos vor der Klasse stehe wie ein Schaf im Supermarkt. Blöde Kuh!

Nur Miri bewegt ihre Lippen, als wolle sie mir etwas zuflüstern. Bloß was? Lauter, Mensch! Denkt die, dass ich Lippen lesen kann, oder was?

Die dumme Frau Heinzig kann das. Auf jeden Fall besser als ich. »Miriam, ich glaube dir, dass du uns die vier unterschiedlichen Formen der mittelalterlichen Ehe erklären kannst. Aber ich würde es gerne von Malea hören, wenn du nichts dagegen hast.«

Die arme Miri wird knallrot und kneift ihre Lippen nun fest zusammen.

Mist! Malea Bond wird diese Mission alleine durchstehen müssen.

Ich bin an der Tafel angekommen.

Die Lächelfee steht direkt neben mir. Wenn ich meine Faust kräftig balle und dann mit aller Kraft zuschlage, könnte ich sie vielleicht ausknocken. Dann könnte sie mir zumindest nicht beweisen, dass ich diese komischen Mittelalter-Ehen *nicht* aufzählen kann.

Allerdings würde ich danach vermutlich für den Rest des Schuljahres die Pausen unter Aufsicht im Lehrerzimmer verbringen müssen, weil ich für *schwer erziehbar* gehalten werde.

»Na, dann mal los, Malea!«, lächelt mich Frau Heinzig, immer noch erschreckend gut gelaunt, an.

Ich nehme die Kreide in die Hand. »Ähm …«

»Soll ich dir helfen?«, fragt die Lottofee.

Ich versuche es (statt mit dem Faustschlag) auch mal mit einem netten Lächeln in ihre Richtung. Zweite James-Bond-Regel: Immer höflich bleiben!

Frau Heinzig versteht mein Lächeln richtig. »Schön, dann machen wir es vielleicht so: Ich nenne dir die vier Eheformen und du erklärst sie uns, ja?«

Ich lächele mal unverbindlich weiter. Klappt ja hervorragend bis jetzt. Erste James-Bond-Regel: Immer cool bleiben!

Unsere Geschichtslehrerin fängt an aufzuzählen: »Es gab damals also die sogenannte Friedelehe, dann die Muntehe, als Drittes die Kebsehe und schließlich noch die Entführungsehe. Und jetzt bist du dran, Malea!«

Okay, jetzt klappt es nicht mehr ganz so hervorragend.

Was sind denn das überhaupt für komische Wörter? Hab ich ja noch nie gehört. Und so was haben wir gelernt?

Heiliger Stinkfisch, ich werde bei der Arbeit morgen nicht den Hauch einer Chance haben!

Die einzige Ehe, die einigermaßen interessant klingt, ist die Entführungsehe. Schätze, dafür hätte sich zumindest James Bond entschieden.

(Ob Cornelius und Iris in einer Entführungsehe leben? Aber wer hat dann wen entführt? Oder ob die freiwillig zusammenleben? So wie die sich zurzeit fast jeden Tag anbrüllen, sieht das eher nicht danach aus.)

»Nun?«

Dritte James-Bond-Regel: Nichts anmerken lassen!

Ich versuche es einfach auf gut Glück. Lottospielen ist zwar nicht meine Stärke, aber wer gar nicht spielt, kann auch ganz sicher nicht gewinnen, oder?

»Bei der Entführungsehe wurde man entführt«, sage ich mal ganz freundlich in den Raum hinein. Was sollte sonst bei einer Entführungsehe passieren?

»Jaaaha… guuut…«, nickt Frau Heinzig langsam, so als ob sie noch auf was anderes warten würde. »Und wer entführte wen? Der Ehemann die Ehefrau oder umgekehrt?«

Ich denke kurz scharf nach. James Bond ist schließlich auch nicht blöd.

Also… wir sind im Mittelalter, da waren die Leute schrecklich altmodisch… hm… und ich kann mir nicht vorstellen, dass diese Sachen, von denen Iris und Rema immer quatschen, schon erfunden waren. Also Gleichberechtigung und Frauenrechte und all so was. Nein, ich glaube, im Mittelalter wurden die Frauen echt voll unterdrückt und durften ja wohl gar nichts sagen. Dann durften sie also bestimmt noch nicht mal den Mann entführen, den sie gerne haben wollten.

»Ähm«, fange ich vorsichtig an, »der Mann hat natürlich die Frau entführt.«

Frau Heinzig strahlt jetzt wie Tessa, wenn sie Cornelius tatsächlich mal wieder Geld für den hundertundachtzigsten Lippenstift abgeknöpft hat. »Sehr gut, Malea! Weiter so!«

Haaa! Malea die Kluge! Die erste Lottokugel ist schon mal richtig. Lottospielen geht ja ganz einfach!

Ich gucke mir die anderen merkwürdigen Ehe-Wörter an, die Frau Heinzig inzwischen an die Tafel geschrieben hat.

»Und was verstehen wir unter einer Friedelehe?«, versucht mich unsere Geschichtslehrerin zum Weiterreden zu ermuntern.

Ja… eine Friedelehe… hat das was mit Frieden zu tun…?

In den James-Bond-Filmen kommt immer genau dann, wenn James Bond nicht weiterweiß, ein Helikopter von irgendwoher an und lässt entweder ein paar Bomben auf die Bösen fallen oder zumindest eine Strickleiter runter, die James Bond sich dann geschickt greift und – schwupp – ist er aus der aussichtslosen Situation gerettet. Okay, Bomben wären vielleicht ein bisschen übertrieben, aber wo bitte ist meine Strickleiter??

Bevor ich meinen Mund aufmachen kann, um mich mutig an der Friedelehe zu probieren, klopft es an der Tür. Ist das die Strickleiter?

Es ist – Hurra! – Herr Tormelsen, unser Hausmeister, der mit zwei kleinen Heizlüftern in der Tür steht, um uns vor dem Kältetod (und mich vor den mittelalterlichen Ehen) zu retten.

»Hier sind die Heizungen ausgefallen?«

Frau Heinzig lächelt auch Herrn Tormelsen allerliebst an. »Oh ja, in der Tat! Sie schickt der Himmel!«

Und in den nächsten fünf Minuten schauen wir alle interessiert Herrn Tormelsen dabei zu, wie er die Heizlüfter im Raum aufbaut und anschließend einschaltet. Ein wohlig, warmes Rauschen ertönt. So laut, dass man kaum sein eigenes Wort verstehen kann. Wunderbar!

Noch wunderbarer ist das Geräusch, das wir kurz danach hören.

PENG! ZISCH! BRUTZEL!

»Oh, NEIN!« Das ist Frau Heinzig, der jetzt zum ersten Mal das Lächeln aus dem Gesicht fällt.

»Mist, verdammter!« Das ist Herr Tormelsen, der die zweite James-Bond-Regel anscheinend nicht beherrscht.

»FEUER!« Das ist Camilla. Camilla kriegt schon Schiss, wenn unsere Aurora mal ganz freundlich ein bisschen an ihr rumpicken will.

Sofort schreien und kreischen alle durcheinander. Natürlich sind überhaupt keine Flammen zu sehen, sondern es qualmt nur etwas. Und es stinkt. Aber schreien und kreischen macht mehr Spaß als Unterricht.

»RUHE!«, schreit Frau Heinzig in den Lärm hinein. »ALLE AUF EURE PLÄTZE!«

Das lasse ich mir nicht zweimal sagen und hoffe, dass sie diese komischen Eheformen inzwischen vergessen hat.

Wir halten uns alle die Nase zu, aber Frau Heinzig hat kein Erbarmen. Da es nun jedenfalls nicht mehr rauscht, fängt sie wieder mit ihren Königen an.

Eins ist mal meerwasserklar: Ich werde bei der Ziehung der Lottozahlen morgen früh vermutlich nicht ganz so gut abschneiden. Mist, hätte vielleicht doch ein bisschen früher mit dem Lernen anfangen sollen! Aber ich hatte natürlich immer so viel anderes zu tun!

Ups, doppelter Mist! Jetzt ist sie doch wieder bei den dummen Ehen gelandet und … da fällt ihr natürlich ein …

»Malea!« Frau Heinzig strahlt mich an wie die aufgehende Morgensonne. »Wir haben dich ja ganz vergessen! Komm schnell wieder nach vorne!«

Erste James-Bond-Regel!

Ohne mit der Wimper zu zucken, stehe ich auf. Doch da …

»FEUER!«, schreit Camilla noch mal. Nur diesmal noch lauter und total panisch.

Und dieses Mal … hat sie recht! Der eine Heizlüfter, an dem Herr Tormelsen die ganze Zeit weiter rumgefummelt hat, qualmt nun nicht mehr, nein, er brennt wirklich! Juchhu! Frau Heinzig wird uns doch wohl nicht in einem Raum mit Feuer sitzen lassen?

»Ach du meine Güte!«, entfährt es der Lottolächelfee, und sie sieht richtig besorgt aus. »Ich glaube, jetzt wird es doch zu gefährlich hier.«

Sie klatscht in die Hände, um sich Ruhe zu verschaffen. »Also gut, wir haben noch eine halbe Stunde übrig bis zur Pause, aber ich denke, die solltet ihr lieber in der Pausenhalle verbringen. Nach der Pause will ich euch aber pünktlich wieder hier sehen, hört ihr? Wir schreiben morgen schließlich die Arbeit und da wollt ihr doch alle gut vorbereitet sein!«

Warum guckt sie dabei besonders mich so eindringlich an?

»Inzwischen werden Herr Tormelsen und ich uns hier um das Heizungsproblem kümmern.«

»JAAAAAA!« Unsere ganze Klasse stürmt begeistert nach draußen. Besonders ich.

Aber aufgeschoben ist nicht aufgehoben. Morgen werde ich in noch größeren Schwierigkeiten stecken, das steht fest. Was mache ich nur? Oh-oh-oh, was mache ich nur?

Huch, jetzt donnert auch noch ein Wagen mit lautem Tatütata direkt neben dem Flurfenster vorbei. Hat Frau Heinzig etwa sicherheitshalber gleich die Feuerwehr alarmiert?

Nee, ist ein Krankenwagen. Vielleicht eine alte Omi, die auf den ersten Schneeflocken ausgerutscht ist. Die Arme!

Ach du lieber Meereshimmel! Da rast gleich noch ein zweiter Krankenwagen und dann sogar noch ein dritter vorbei. Na, die kriegen aber mächtig zu tun im Krankenhaus!

Da fällt mir Cornelius ein, der erst vor zwei Monaten für ein paar Tage mit Gehirnerschütterung im Krankenhaus war.

Und vor einem halben Jahr lag dort Kenny, weil sie mit Schwung auf ein Brett gesprungen war, aus dem ein fetter, alter, rostiger Nagel herausragte, der ihr dann rausoperiert werden musste.

Und im letzten Frühsommer war da Tessa, die sich in der Schule beim Turnen (das sie sowieso hasst) ihr Schienbein gebrochen hatte und danach noch sechs Wochen mit Gips rumlaufen musste (in Hellllila, ziemlich affig, was?) und sich ständig darüber beschwerte, dass ihr linkes Bein nun überhaupt nicht braun werden würde. (Was dann auch so war: Sie hatte ein weißes und ein braunes Bein, hihihi! Und für Tessa ist so was ja voll die Katastrophe!)

Mann, ich glaube, allein mit unserer Familie wäre das kleine Krankenhaus in unserer Stadt schon ziemlich ausgelastet! Da brauchen die gar keine Schneeunfälle mit Omis mehr.

Kenny

Liebes neue Jahr,

für den Fall, dass du so Sachen machen kannst wie der Weihnachtsmann, also Wünsche erfüllen und so 'n Kram (was meine mittelgroße Schwester Livi anscheinend irgendwie glaubt), also für den Fall möchte ich dir sagen, dass Kendra Martini aus der Kastanienallee einen Riesenwunsch hat. (Außer einem neuen Fahrrad oder einem Ponyfarmcomputerspiel, meine ich, denn die kann ich vielleicht auch zu Ostern kriegen oder auf jeden Fall zu meinem Geburtstag. Und wenn nicht, können wir ja vielleicht später noch mal drüber reden, okay?) Und zwar (aber das darfst du bitte-bitte-bitte niemandem verraten!) wünsche ich mir… Sinan! Ja. Aber keine Sorge, du brauchst ihn nicht in Geschenkpapier einwickeln oder so. Außerdem hätte ich in meinem Zimmer auch gar nicht genug Platz für ihn. Nein, er kann natürlich gerne bei sich zu Hause wohnen bleiben. Es würde total genügen, wenn er mich ganz, ganz, ganz, ganz toll finden würde. Oder – ähm – vielleicht könnte er mich auch richtig doll lieben? Das fände ich ehrlich gesagt am besten. Dann könnte er mich zum Beispiel fragen, ob ich mit ihm Eis essen gehe und all so was, was man eben zusammen macht, wenn man sich liebt. Vor zwei Monaten hat er mir einen Brief geschrieben, wo Ben seni çok sevdim *drinstand. Das ist Türkisch und heißt* Ich mag dich. *Aber als ich ihn dann beim Fußballspielen in der Pause gefragt habe, ob er mal zu uns kommen und Aurora angucken will, da hat er mir nur einen Vogel gezeigt, und die anderen Jungs haben alle gelacht, und ich habe mich ganz schrecklich gefühlt. Das war doch echt nicht nett von ihm, oder? Ach, lie-*

bes neue Jahr, meinst du, du kannst machen, dass dieser Wunsch auf jeden Fall in die Füllung geht? Bitte, bitte! Danke!

Viele Grüße von deiner Kenny

Ich habe Bentje angerufen, um sie zu fragen, ob sie heute Nachmittag zu uns kommen will. Ich habe gesagt, ich hätte ihr was Geheimes zu erzählen.

Bentje findet es natürlich gut, was Geheimes zu hören. Aber der Grund, warum sie sich so mächtig beeilt hat und die ganze Strecke zu uns so schnell gelaufen ist, wie sie kann, war der, dass ich ihr gesagt habe, dass Mama bald eine Überraschung verkünden wird. Bentje weiß genau, dass Mamas Überraschungen ziemlich aufregend sein können.

Sie werden sogar noch aufregender, wenn sich Papa oder meine großen Schwestern zusätzlich darüber aufregen. Was sie ganz bestimmt tun werden, hihihi!

Bentje war ganz rot im Gesicht, als sie hier ankam.

»Wo ist die Überraschung?«, fragte sie atemlos.

»Noch nicht da«, antwortete ich.

Ich habe Bentje vorsichtshalber nicht gesagt, dass Mama die Überraschung erst beim Abendessen verkünden will. Vielleicht wäre Bentje sonst gleich wieder nach Hause gegangen. Und außerdem – vielleicht kriegen wir ja doch schon vorher was aus Mama raus?

»Lass uns in die Küche gehen«, sagte Bentje sofort. Denn sie wollte meine Mama keine Sekunde mehr aus den Augen lassen.

Ja, und in der Küche sitzen wir jetzt immer noch. Aber Mama hat noch keinen Mucks von sich gegeben. Jedenfalls keinen Mucks, der was mit ihrer Überraschung zu tun hat. Nur so langweilige Sachen wie »Wollt ihr mir beim Kartoffelschälen helfen?« oder »Wie läuft's denn eigentlich mit den Hausaufgaben, ihr beiden?«

Puh, was für blöde Fragen! Bentje und ich sind kurz vorm Weglaufen.

»Wollen wir ein bisschen mit Aurora spielen?«, fragt Bentje jetzt und schaut sehnsüchtig nach draußen.

Mama lächelt. »Aber bitte rupft mir nicht die beiden sauberen Teppichläufer von der Leine, die ich zum Trocknen aufgehängt habe, ja?«

»Nö-nö«, rufen Bentje und ich gleichzeitig, schnappen uns unsere Jacken und zischen ab in den Garten.

Und – juchhu! – keine Sekunde zu spät! Denn gerade fängt es so richtig voll an zu schneien. Dicke, dicke Flocken segeln vom Himmel.

Bentje und ich reißen unsere Schnuten auf und spielen Hund.

»Wuff!«, machen wir bei jeder Flocke, die wir erwischen. »Wuff!«

Von Aurora ist weit und breit nichts zu sehen. Ich schätze, sie steht nicht so auf Schnee.

»Wuff!«, macht Bentje begeistert und leckt sich die Lippen nach einer besonders fetten Flocke.

Es ist komisch, die Flocken sind so groß, aber trotzdem spürt man fast nichts, wenn man sie im Mund hat. Es ist, als ob sie sich einfach sofort in gar nichts auflösen.

»Lass uns mal so viele Flocken im Mund sammeln, bis wir einen richtigen Schluck Schnee zusammenhaben«, schlägt Bentje vor.

»Wasser«, verbessere ich, »wenn Schnee im Mund schmilzt, dann ist er kein Schnee mehr, sondern Wasser. Das weiß ich von Rema.«

»Klar«, sagt Bentje, »klar.«

Und dann ruft sie so oft hintereinander »Wuff!«, dass sie bestimmt schon einen Riesenschluck zusammenhat. Leider muss sie genau da lachen. Oh je – und weg ist der Schluck!

»Hahahaha!«, lacht Bentje trotzdem weiter und schmeißt sich in den Schnee. »Oh Kenny, ist das toll oder ist das toll? Ich liiiebe den Winter!«

Danach liegen wir ganz ruhig nebeneinander im Gras (wo schon fast kein Gras mehr zu sehen ist) und gucken hoch in den dichten Schneehimmel und lassen uns von den dicken Flocken im Gesicht kitzeln.

»He!«, ruft da eine Stimme zu uns rüber. »Ihr werdet gleich am Boden festfrieren und im Frühjahr können wir dann bestenfalls noch Zwiebeln auf euch pflanzen!«

»Hallo Walter!«, rufen Bentje und ich freudig und richten uns auf.

Der liebe Opa Walbohm steht am Zaun und winkt zu uns rüber. »Wollt ihr nicht Aurora eine Weile in den Garten scheuchen? Das wasserscheue Huhn hat ab der ersten Schneeflocke keinen Schritt mehr nach draußen gemacht. Sitzt nur hier bei mir im Nest und brütet.« Walter Walbohm lacht. »Leider nicht auf Eiern! Die versteckt sie ja lieber bei euch im Haus.«

Wir stehen sofort auf und rennen rüber zu Walter. Als wir die Tür öffnen, die zu Walter Walbohms kleinem Vorraum im Haus führt, wo er einen Stall für Aurora gebaut hat, tockert sie uns freundlich entgegen. Aber – Walter hat recht – sie rührt sich keinen Millimeter aus ihrem Stroh.

»Komm schon, Auroralein«, sage ich freundlich, »wir spielen draußen ein bisschen Fangen!«

Aurora reckt ihren Hals neugierig in unsere Richtung – eigentlich mag sie nämlich gern Fangen spielen. Im Fangenspielen ist sie viel besser als Bentje und ich und entwischt uns immer im letzten Moment durch unsere Beine. Was sie total lustig findet. Jedenfalls klingt ihr Tockern dann, als würde sie sich über uns totlachen. Hühner sind sooo komisch manchmal.

Heute aber leider nicht. Heute sagt Aurora sehr entschieden: »Tock-tockkk-tokkk!« Und es ist ja wohl klar, dass das in der Hühnersprache Nein-nein-NEIN heißt.

»Na schön, dann eben nicht.« Bentje zuckt mit den Schultern.

Von drinnen im Haus hören wir Tessa kichern.

»Können wir reinkommen?«, fragt Bentje höflich.

Aber noch bevor Walter Walbohm antworten kann, ist sie schon durch den Flur ins Wohnzimmer abgedüst und ich hinter ihr her. Ich weiß, dass Walter sowieso nichts dagegen hat.

Und natürlich sitzen da Tessa und Javier und Ramón und auch Rema. Und – nein, wie gemein! – sie löffeln rote Grütze mit *Familiensoße*!

»Ich will auch rote Grütze!«, schreie ich sofort, wie das ja wohl jeder getan hätte.

Bentje traut sich nur bei sich zu Hause, laut zu schreien, aber sie schaut ganz gierig, ob noch irgendwo ein Rest Grütze zu sehen ist.

Tessa lacht. »Na ihr? Hattet ihr denn keinen *leckeren* Nachtisch bei Iris?«

Oh, das finde ich aber fies von Tessa, so über Mamas Essen zu lästern! Denn sie betont das Wort *lecker* ganz komisch, und da ist es ja wohl klar, dass sie das nicht ernst meint. Dabei sind Mamas Gerichte tatsächlich voll lecker! Also, manchmal jedenfalls. Und überhaupt – lieber esse ich Mamas aufregendes Essen als so langweiliges Zeug, was immer bei Bentje auf den Tisch kommt.

Deshalb sage ich ganz schnell: »Doch, du! Und der Nachtisch war sogar so lecker, dass ich Mama gesagt habe, dass das bestimmt dein Lieblingsessen ist und sie deine Portion unbedingt bis heute Abend aufheben soll.«

Ich mache eine kleine Pause, um die Wirkung auf Tessa abzuwarten.

Die Wirkung ist toll. Tessa guckt wie eine Kuh bei Gewitter. Ihre langen, schwarzklunkerigen Wimpern klimpern hektisch. Ich rede zufrieden weiter.

»Und weil es ja dein Lieblingsessen ist, habe ich dir meine Portion auch noch geschenkt. Das fand Mama sehr großzügig von mir. Die beiden Schälchen stehen im Kühlschrank und warten auf dich.«

Ha, jetzt hab ich's ihr aber gegeben!

Tessas Lippen kräuseln sich ganz wunderbar.

Javi neben ihr grinst. »Tessa, mi amorrr! Deine Schwesterrr macht nurrr eine Witz!«

»Haha, von wegen Witz«, grunzt Tessa und funkelt mich böse an. »Du hast ja keine Ahnung!«

Doch bevor Tessa aufspringen und sich auf mich stürzen kann, kommt Walter aus der Küche mit – juchhu! – einer noch halb vollen Schüssel mit Grütze und einer frischen Kanne voll lecker duftender Familiensoße.

»So, ihr Lieben, bitte schön! Wenn die Vanillesoße nicht reicht, kann ich noch mehr kochen.«

Walter Walbohm ist sooo nett! Dem macht das total Spaß, uns alle bei sich zu haben und mit Essen zu versorgen.

»Ach, war das langweilig hier, als ihr noch nicht nebenan gewohnt habt!«, sagt er immer.

Obwohl er da ja wenigstens Gregory hatte, der ganz oft bei Walter geschlafen hat, als er noch klein war. Weil seine Fernsehmutter ja immer lieber irgendwo im Fernsehen rumhopsen will. Echt, das finde ich ganz schön traurig. Der arme Gregory hat ja fast so viel verpasst wie die arme Bentje! Was so richtig tolles Familienleben angeht, meine ich.

Bentje hat zwar eine ganz liebe Mama und einen ganz lieben Papa und muss – im Gegensatz zu Gregory – nie allein zu Haus sein, aber trotzdem. Bei Bentje in der Familie passiert NIE was. Also jedenfalls stürzen da nie Dächer ein oder so. Bei denen ist jeder Tag total gleich. Ihre Mama kocht und wäscht und bügelt (ich wusste gar nicht, was Bügeln ist, bevor Bentjes Mama es mir erklärt hat), und Bentjes Papa arbeitet in irgend so einem Büro und kommt abends nach Hause und isst dann das, was ihre Mama gekocht hat, und danach guckt er Fernsehen. Und das jeden Tag. Voll langweilig. Bin *ich* froh, dass ich in unserer Familie zur Welt gekommen bin und nicht in Bentjes!

»Diese Familie ist eine echte Strafe!«, blökt meine große Klimperkuh-Schwester gerade und zupft ihren kleinen Schminkspiegel aus ihrer Handtasche und guckt, ob ihre schwarzklebrigen Wimpern auch noch klebrig genug sind und ihr Rote-Grütze-Mund noch rot genug ist. Oder ist das gar keine Rote Grütze da auf ihren Lippen?

»Komm, Javi, lass uns gehen!« Sie nimmt Javis Hand und zerrt ein bisschen daran. »Wir müssen doch noch die Zettel für Livi verteilen!«

Javi grinst schon wieder. »Wirrr? DU, mi amor, du!«

Oh, da guckt Tessa aber böse wie Gewitter und Mitternacht und Hexentreffen zusammen! Javi muss voll lachen. Und küsst sie mit einem dicken Schmatz auf den Mund.

Mann, da staune ich aber! So muss man also mit meiner größten Schwester umgehen? Denn nun hält Tessa plötzlich die Klappe und hat zwar ein ziemlich dusseliges, aber immerhin ein Lächeln im Gesicht.

Rema und Walter Walbohm lächeln auch. Aber wieso glotzen die sich dabei bloß immer nur in die Augen? Hm, die Großen sind echt merkwürdig.

»Also, kriegen wir jetzt was von der Grütze?«, frage ich mal ganz freundlich in die Runde.

»Hierrrr, komm, Kendrrralein«, schnurrt Ramón und schaufelt mir eine Riesenportion in ein Schälchen. Und dann schaufelt er auch noch eins für Bentje voll. »Bittää schön, Frrrraulein Bentje!«

Bentje und ich fangen zufrieden an zu mampfen.

Ich mag Tessas nette Spanier. Deswegen habe ich auch beinahe nichts dagegen, dass Ramón mich bei meinem vollen Vornamen nennt. Und ich mag es, wie die Spanier reden. Es klingt komisch, aber irgendwie auch aufregend. Auf*rr*egend, hihihi! Vielleicht nehme ich mir auch mal einen spanischen Freund, wenn ich größer bin.

Huch, NEIN, was denke ich denn da? Ich weiß genau, dass ich nie-nie-nie einen anderen Jungen als Sinan haben will! (Liebes neues Jahr, falls du gehört hast, was ich gerade dachte, bitte lass dich nicht verwirren! Nein, ich will KEINEN Spanier, sondern NUR Sinan, okay? Danke!)

Gerade als Tessa und die Spanier aus dem Zimmer gehen, schaut Walter Walbohm endlich mal woandershin als immer nur in Remas Augen. »He, wartet mal, Jungs, wann wollen wir denn mit dem Dach starten? Ich hätte heute Abend noch zwei Stündchen Zeit.«

Warum zwinkert er denn den Spaniern und Tessa dabei so komisch zu?

Heute Abend? Och nee, das geht aber nicht. Da hat Papa ja gar keine Zeit und der will doch auch mitmachen.

»Papa muss heute Abend mit Rainbow im Keller proben! Das wisst ihr doch!«, sage ich deshalb schnell und auch etwas vorwurfsvoll. »Ihr müsst wann anders anfangen, am Dach zu bauen.«

Tessa hält die Luft an und sieht zu Rema rüber. Rema sieht ein bisschen beunruhigt aus, zuckt aber mit den Schultern.

Was haben die denn bloß? Man könnte fast meinen, die wollen Papa gar nicht dabeihaben und fangen extra mit dem Bauen an, wenn Papa nicht kann. Dabei sagt Rema immer zu mir, dass es nicht sehr nett ist, wenn man andere nicht mitspielen lässt. Aber wenn die meinen Papa nicht mitspielen lassen, finde ich das sogar voll fies!

Walter Walbohm lächelt mich an. »Na, vielleicht ist das gar nicht so schlimm, wenn Cornelius heute Abend Bandprobe hat, kleine Kenny, oder? Er kann ja ein anderes Mal mithelfen.«

»Er will aber jeden Tag mithelfen«, sage ich böse und stampfe drohend mit dem Fuß auf. Denn das weiß ich genau. Das hat Papa selbst gesagt.

Aber ich kann mich auch gut daran erinnern, wie Tessa mit Mama über das Dach gesprochen hat, kurz nachdem das damals eingestürzt ist.

»Ähm, du, Iris …«, hat Tessa angefangen und ein wenig besorgt ausgesehen. »Sag mal, *wer* wird das eigentlich reparieren? Das werden doch *richtige Handwerker* machen, oder? Ich meine, Leute, die was davon verstehen. ODER?«

Oh, da hat Mama aber noch besorgter ausgesehen und laut geseufzt. Denn so viel weiß sogar ich: Richtige Handwerker haben noch nie irgendwas bei uns gemacht. Dafür haben wir gar kein Geld!, sagt Papa immer. Und außerdem macht es Papa unheimlich Spaß, alles selbst zu machen.

Mama und die anderen bei uns scheinen das aber gar nicht gut zu finden.

Ich weiß nicht, was die alle haben. Ich bin ganz sicher, dass Papa das ganz toll hinkriegt. Papa kann nämlich fast alles. Er ist ja schließlich mein Papa!

Trotzdem haben alle im Haus gejubelt, als die Spanier angeboten haben, nach Sylvester noch mal zu kommen und beim Dach zu helfen. Auch Papa fand das total nett. Der Ärmste! Er konnte ja nicht ahnen, dass die anderen ihn eigentlich gar nicht dabeihaben wollen.

Und er ahnt auch jetzt nichts davon. Und ist das wohl fies oder ist das fies?

Ich funkele alle im Raum böse an. (Böse funkeln kann ich gut, hihihi!)

Rema sieht ein kleines bisschen schuldbewusst aus und fummelt an der Tischdecke rum.

Tessa zieht Javier und Ramón lieber schnell aus dem Zimmer. »Tschüs dann! Wir sind heute Abend zurück.«

»Ihr sollt alle pünktlich zum Essen kommen, hat Mama gesagt«, rufe ich noch schnell.

Tessa wird blass. Trotz ihrer dicken Schminke. Sie denkt wohl an den doppelten Nachtisch. »Wieso denn?«

»Mama hat eine Überraschung«, erkläre ich feierlich.

»Und sie will, dass ALLE dabei sind, wenn sie uns die verrät.«

»Oh«, macht Tessa und sieht nicht wirklich begeistert aus.

»Ist bestimmt was ganz Tolles«, sage ich. »Mama hat gesagt, dass es eine echt *große* Überraschung ist.«

Bentje nickt heftig.

»So«, macht Tessa.

Ich gucke Walter an. »Du bist auch eingeladen«, füge ich freundlicher hinzu.

»Oh, vielen Dank, Kenny«, murmelt Walter, »das ist nett. Da bin ich aber gespannt, was das wohl sein kann!«

Tessa zieht ihre Augenbrauen hoch. Und dann macht sie sich, so schnell sie kann, aus dem Staub.

»Oh, guck mal, Kenny!«, ruft Bentje plötzlich und deutet nach draußen.

Und – oh, wie toll! – durchs Fenster können wir Hase herantrotten sehen. Er setzt gemütlich einen Schritt vor den anderen, bleibt ab und zu stehen, leckt am Schnee und trottet dann weiter. Und – hihihi – ich weiß auch schon, wo er hinwill!

»Schnell, Bentje, schnell!«, rufe ich und stürze aus dem Raum und durch den Flur und an Auroras Nest im Vorraum vorbei nach draußen. Und Bentje hinter mir her.

»Danke für die Grütze!«, ruft sie noch schnell zu Walter Walbohm rüber, denn Bentje ist ja gut erzogen.

Das bin ich selbstverständlich auch, deswegen rufe ich auch noch schnell: »Danke!« Aber ich fürchte, das hat Walter nicht mehr gehört, weil ich ja schon längst draußen durch den Schnee laufe.

Auroras Nest war natürlich leer. Ist ja klar, sobald Hase im Anmarsch ist, hält sie nichts mehr. Da machen ihr dann plötzlich auch eine Million Schneeflocken nichts mehr aus. Wenn man verliebt ist, ist man verliebt!

Ups! Genau wo ich das denke, ist es, als kribbelten mindestens hundert Schneeflocken in meinem Magen rum. *Sinan! Sinan! Sinan!*

Ja, eigentlich wollte ich Bentje noch ein bisschen was Geheimes über Sinan erzählen. Von seinen lakritzschwarzen Haaren oder von seinem Eis-mit-Kirschen-Grinsen oder von seinen schokoladenbraunen Augen. Aber manchmal ist Bentje echt voll doof, wenn ich von Sinan erzähle. Und außerdem haben wir ja jetzt was anderes zu tun.

»Musst du jetzt nicht deiner Mama Bescheid sagen?«, erinnert mich Bentje und reißt ihre Augen vielsagend auf.

Ich grinse. »Klar«, sage ich pflichtbewusst, »klar.«

Ich rase rüber in unseren Garten und reiße die Tür zur Küche auf, wo Mama immer noch steht und komische Sachen brutzelt. »Hasenalarm!«

»Was sagst du?« Mama dreht sich um und stellt die rauschende Herdabzugshaube ab.

Ich glaube, Mama wird im Alter ein bisschen schwerhörig.

»HAA-SEN-A-LAARM!«, brülle ich volle Kraft voraus in Mamas Gesicht, damit Mama es auch versteht. Viele von den Großen haben echt Probleme mit ihren Ohren. Voll traurig ist das eigentlich.

Mama kapiert aber heute zum Glück schnell. Sie flutscht ruckzuck in ihre Gummistiefel, die an der Tür stehen, und rennt zu den Teppichen, dass die Schneeflocken nur so herumwirbeln.

Hase, der sich plötzlich in Galopp gesetzt hat, und

Mama erreichen die sauberen Teppiche mit nur zwei Sekunden Unterschied. Pech für Mama!

»Och, NEIIIIN!«, brüllt Mama und versucht, den armen Hasen mit den Armen wegzuscheuchen.

Aber das hilft auch nicht mehr viel.

»Wuuuhufff!«, bellt Hase stolz. Gelegentlich hat er gegen ein kleines Wettrennen nichts einzuwenden. Er kann ganz schön schnell sein, wenn er will.

Die wedelnden Arme von Mama scheint er allerdings etwas beleidigend zu finden. Dass Mama aber auch überhaupt keinen Sinn für Hundesport hat! Und eine schlechte Verliererin ist sie noch dazu!

»TOOOCKtocktockTOOOCK!«, macht Aurora nun auch entrüstet und versucht, mit wildem Flügelschlagen und aufgeregtem Auf-und-Ab-Hopsen ihren Freund zu verteidigen.

»NEIIIN!«, schreit Mama noch entsetzter und scheucht auch die arme Aurora weg.

Und als Mama jetzt die Teppiche vom Boden aufhebt und traurig die dicken, dunklen Abdrücke von Hases und Auroras schneematschdreckigen Pfoten und Krallen darauf anstarrt, tut sie mir richtig leid. Aber: Warum hängt sie die Sachen auch immer wieder über die Teppichstange? Ich kann ja schließlich nicht den ganzen Tag im Garten sitzen und Wache schieben!

Hase ist nämlich gar kein niedlicher weißer Hase, der bellen kann, sondern ein dicker schwarzer Labrador, was so eine besondere Hunderasse ist und eigentlich gar nichts mit Hasen oder Kaninchen zu tun hat.

Hase gehört Henry, der in Tessas Stufe ist. Zum Glück ist Henry sehr nett. Fast so nett wie Hase. Er leiht uns seinen Hund gerne mal aus. Jedes Mal dann nämlich, wenn

Hase von zu Hause abgehauen ist. Was in letzter Zeit reichlich oft vorkommt, da Hase keine Lust hat, alleine zu Hause rumzuliegen, wenn er stattdessen auch bei Aurora sein könnte. Hase und Aurora sind nämlich Verliebte.

Wir haben zurzeit eine Menge Verliebte bei uns. Tessa und ihr Javier natürlich. Und dann wahrscheinlich auch noch Tessas beste Freundin Dodo und Ramón. (Das glauben jedenfalls Livi und Malea. Und Bentje auch.) Und Mama sagt, Rema und Walter Walbohm sind ebenfalls Verliebte. Aber ich glaube, das ist Quatsch, denn Rema ist doch unsere Rema und kann ja wohl nicht gleichzeitig verliebt sein.

Bentje denkt außerdem, dass Livi und Gregory im Geheimen ebenfalls Verliebte sind. Aber das ist noch quatschigerer Quatsch. Und Livi ist auch voll böse geworden, als Bentje nur ganz nett »Runter mit dem Schal! – Küsst euch mal!« gerufen hat. Allerdings hat Gregory bloß gelacht und überhaupt gar nicht böse geguckt, sogar eher richtig geschmeichelt. Und das hat mich dann doch ein bisschen nachdenklich gemacht. Ich bin ja schließlich nicht doof!

Dass es allerdings *noch* mehr Verliebte gibt, das habe ich Bentje noch nicht so richtig – ähm – also, jedenfalls nicht ganz doll direkt gesagt.

Ich meine, ich habe ihr natürlich schon oft von Sinan erzählt und so, und dass mein Herz klopft, wenn ich ihn sehe. Aber sie sagt dann immer nur Sachen wie: »Hör doch mal endlich auf mit dem langweiligen Mist, wir wollten doch Ponyfarm spielen!« Und das ist irgendwie nicht das, was ich dann hören will. Also lasse ich es meistens.

Manchmal werde ich deshalb ganz böse auf Bentje. Ich meine, ist sie nun meine beste Freundin oder nicht?

Und sollten beste Freundinnen nicht über die wichtigsten Herzgeheimnisse miteinander reden?

Wir gucken Mama noch ein wenig zu, wie sie die beiden Läufer ins Haus rettet, und dann Hase und Aurora, wie sie sich gegenseitig genüsslich abknutschen. Wobei Hase derjenige ist, der Aurora mit seiner langen rosa Zunge abschlabbert, was bei Hunden vielleicht so was wie knutschen ist. Aurora pickt ihm gleichzeitig ein bisschen in seinem dichten schwarzen Fell rum. Sooo niiiieeedlich!

»Sind deine Mama und dein Papa eigentlich noch verliebt?«, fragt Bentje jetzt.

»Mamas und Papas sind immer verliebt!«, sage ich fest. Was für eine blöde Frage! »Sonst wären sie ja nicht Mamas und Papas!«

»Aber das mit der Liebe kann auch mal zu Ende sein«, sagt Bentje warnend, so wie ihre Mama dauernd irgendwas warnend sagt, und Bentje versucht dabei, sehr erwachsen zu gucken. Und außerdem hebt sie ihren Zeigefinger genauso drohend hoch, wie ihre Mama das gerne tut.

Aber pah, Bentje ist kein Stück erwachsener als ich. Auch wenn sie eigentlich echt ganz schön schlau ist.

»Schweinebacke!«, sage ich deshalb schnell und tippe Bentje an.

Denn über so was Schreckliches, wie dass die Liebe auch mal zu Ende sein kann, will ich gar nicht nachdenken. Ich weiß genau, dass Sinans und meine Liebe NIE zu Ende sein wird.

Also – hm – jedenfalls, falls Sinan mich auch liebt. Und – ähm – unsere Liebe dann endlich mal losgeht!

Kann es eigentlich sein, dass jemand in einen verliebt ist, obwohl er beim Fußballspielen genervt guckt und noch nicht mal zu einem nach Hause kommen will, um Aurora anzusehen?

Und wie findet man das raus?

Jetzt bin ich fast schon wieder böse auf Bentje, denn wenn man schon eine beste Freundin hat, die schlau ist, dann sollte die einem bei wichtigen Fragen auch helfen!

Doch in diesem Moment höre ich das laute Tatütata von mehreren Krankenwagen und vergesse ganz, dass ich ja weglaufen muss, wenn ich Bentje *Schweinebacke* zugerufen hab.

»Uiii«, sagt Bentje, »was ist denn da passiert?«

»Keine Ahnung«, antworte ich, denn die Krankenwagen sind schon um die Ecke und weg.

»Schweinebacke zurück!«, ruft Bentje da und tippt mich an und kichert und rennt ganz schnell rüber zum Zaun und durch das Loch hindurch und weiter durch Walter Walbohms Garten.

Und ich hinterher.

Mit Bentje hat man immer Spaß. Und vielleicht versuche ich später noch mal, mit ihr über Sinan zu reden. Mal sehen.

Oder – da fällt mir ein – wir könnten auch eine kleine Schneehöhle für Aurora und Hase bauen, wenn es weiter so wild schneit! Oh ja! Wäre das toll oder wäre das toll?

Malea

Also, ich finde ja, Beschatten und Spionieren sind wichtig! (Wer weiß, wozu man das mal braucht, wenn es drauf ankommt und jemand wieder die Welt retten muss, da sollte man lieber optimal vorbereitet sein.) Und es macht auch Spaß. Und da ich es schon mein ganzes Leben lang gewissenhaft geübt habe, bin ich darin ein echter Profi. Aber irgendwie klappt es trotzdem oft nicht ganz so, wie man es geplant hat. Ich meine, oft findet man ganz andere Dinge heraus, als man herausfinden wollte. Und dann kann es sein, dass es noch nicht mal viel Spaß macht. Oder jedenfalls nur sehr wenig. Und manchmal… auch gar keinen. Seufz.

Sophie und Brenda und Miriam packen in der Pausenhalle sofort ihre Nachmittagskuchen aus und fangen an zu futtern.

»Willst du auch was, Malea?« Miri hält mir die Hälfte von ihrem Schokoladenkuchen hin.

»Danke«, sage ich, »hab keinen Hunger.«

Habe ich wirklich nicht.

Eigentlich ist mir die Schule ja ziemlich egal. Also, ich meine, nicht die Schule und meine Freunde da, sondern mehr der Rest. Besonders die Noten natürlich. Aber gerade heute sind mir die Noten leider nicht ganz so egal. Wenn ich in Geschichte nämlich noch eine weitere Fünf schreibe, dann werde ich vielleicht nicht versetzt. Weil – zusammen mit der jährlichen Fünf in Mathe wären das dann schon zwei Fünfen im Zeugnis. Also deutlich eine zu viel. Und sitzen bleiben – uuuuhhhh –, das fände ich dann doch ein bisschen scheußlich.

»Willste was von mir?« Lasse ist jetzt auch dazugekommen und hält mir eine Tüte mit Weingummis unter die Nase.

Na schön, eins kann ich ja mal nehmen. »Danke.«

Ich lutsche an zwei rotschwarzen Vampiren rum und überlege. James Bond ist auch gut im Überlegen. Mir wird doch wohl was einfallen, wie ich es schaffe, bis morgen fünfunddreißig Seiten aus unserem Geschichtsbuch auswendig zu lernen!

Wenn ich nur wüsste, was für Fragen sich Frau Heinzig ausgedacht hat! Schließlich kann sie in einer einzigen Arbeit ja nicht alles abfragen, was wir in den letzten drei Monaten hatten.

»Ist was mit dir, Malea?« Miri stellt sich neben mich und legt den Arm um meine Schulter. »Machst du dir Sorgen wegen der Arbeit morgen?«

»Hm«, mache ich und schiebe die Lippe vor.

»Wenn du neben mir sitzen würdest, dann könntest du ja wenigstens ab und zu auf mein Blatt gucken.«

Ich lächele Miri an. Miri ist nett. Ja, wenn ich nur ein bisschen spicken könnte …

Tatsache ist aber, dass wir nicht mehr nebeneinander sitzen, eben weil wir genau diese glänzende Idee, wie wir nämlich meine Geschichtsnote auf für mich zeitsparende Art retten könnten, schon bei der letzten Arbeit hatten.

Und Frau Heinzig hatte dafür leider überhaupt kein Verständnis. Sie gab mir 'ne glatte Sechs (hatte bis jetzt leider noch keine Zeit, das Cornelius und Iris zu erzählen) und entfernte mich danach von Miriam, so weit sie nur konnte. Jetzt sitze ich neben Sascha Auermann, und ich schätze, der schafft es noch nicht mal, das richtige Datum auf sein Blatt zu schreiben. (Sascha Auermann wird von allen nur Aua genannt, weil er so doof ist, dass es wehtut.)

Die anderen toben in der Pausenhalle herum und spielen Fangen, und die Jungs kicken weiter hinten mit einem Fußball, obwohl das verboten ist. Aber weil ja eigentlich noch Unterrichtszeit ist, sind noch keine Lehrer hier. Die hocken natürlich alle in den Klassen und erzählen schrecklich langweilige Dinge.

Ups, richtig! Es sind ja alle noch in ihren Klassen! Es sind alle noch in ihren Klassen ...?

Huiii! Auftritt für Malea Bond! Mann! Wenn das kein glänzender, ja sogar ein absolut genialer Einfall ist!

»Ist was?«, fragt Lasse. »Findste irgendwas an mir besonders lustig?«

Ich verwandele das glückliche Grinsen auf meinem Gesicht schnell in ein freundliches Grinsen für Lasse. »Nein, nein! Mir ist nur eben was eingefallen!« Mein Blick fällt auf seine Tüte. »Kann ich noch einen?«

»Klar«, sagt Lasse, »hier.«

Ich schiebe mir noch einen Weingummi-Vampir als Vorrat in meinen Mund, damit mein Gehirn jetzt auch auf Hochtouren laufen kann – denn das muss es! Jetzt heißt es nämlich: Einsatz für Bond, *Malea* Bond!

Ich schiele unauffällig in den Flur, der zum Lehrerzimmer führt. Leer. Absolut und total lehrerleer, wie ich es mir gedacht habe. Gut. Nächster Schritt.

»Miri, ich geh mal aufs Klo«, sage ich noch unauffälliger.

»Okay«, antwortet Miri, aber hört sowieso bereits mehr auf das, was Brenda von ihrem Urlaub in Disneyland erzählt. (Disneyland! Da hätte James Bond vermutlich schon mit sechs Jahren vor Langeweile Schluckauf gekriegt!)

»Grüß schön!«, sagt Lasse und kichert.

»Hä?«

»Na, das Klo«, sagt Lasse und kichert noch mehr.

Ich kichere höflich zurück (Blödmann, hihi!) und verdrücke mich dann in den Flur. Von dort drehe ich mich sicherheitshalber schnell noch mal um und überfliege alle aus unserer Klasse mit den Augen. Beobachtet mich irgendjemand? Nein, gut. Nächster Schritt.

Ich lutsche etwas nervös an meinem Vampir. Ob James Bond jemals nervös ist?

Jetzt weiter, vorbei an den Toiletten – noch ein hektischer Blick zurück, keiner guckt, gut –, dann haste ich nach hinten bis zum Lehrerzimmer, das ganz am Ende des Flures liegt. So leise wie möglich klopfe ich.

Keine Antwort. Gut, supergut! Ich klopfe zur Sicherheit noch mal etwas lauter. Soll ja später keiner sagen, ich wäre einfach so reinmarschiert.

Nichts. Kein Laut. Da ist keiner drin. Wirklich alle ausgeflogen. Na ja, kein Wunder, nachmittags sind eh nur noch wenige Lehrer in der Schule.

Ich drücke vorsichtig die Klinke runter und luge hinein. Keine Menschenseele. Und – husch – ist Malea Bond auch schon in den Raum mit den Geheimdokumenten eingedrungen! Gute Arbeit, Miss Bond!

Nun klopft mein Herz doch ein wenig lauter. Ob das etwa das blöde schlechte Gewissen ist?

Aber ich sage mir sehr bestimmt, dass ein schlechtes Gewissen hier total fehl am Platz ist. Schließlich tue ich niemandem weh, sondern tue eher was richtig Gutes. Für mich natürlich, meerwasserklar. Aber vor allem auch für andere.

Zum Beispiel erspare ich Cornelius einen Tobsuchtsanfall, den er ohne jeden Zweifel kriegen würde bei einer zweiten Fünf in meinem Zeugnis. Denn jeder weiß ja, dass Cornelius auf seinen Blutdruck achten muss. Aber tut er das? Nein! Er schreit und wütet und flucht, sobald er auch nur die klitzekleinste Möglichkeit dazu hat. Und die will ich ihm als gute Tochter natürlich gar nicht erst geben!

Und auch meiner allerliebsten Rema erspare ich ein schrecklich trauriges Gesicht. Schließlich hat sie so oft mit mir geübt und denkt bestimmt, es sei allein ihre Schuld, dass ich die Unterschiede zwischen Pippi der Rothaarigen und Karl dem Knallfrosch einfach nicht in meinen Kopf reinkriege. Arme, liebe Rema!

Iris (und nicht zuletzt auch mir selber) erspare ich die schlimmen Vorwürfe, die sie sich wie üblich machen würde. Von wegen schlechter Mutter und so. Dabei ist sie echt total prima.

Livi erspare ich die Schmach, eine Schwester zu haben, die sitzen geblieben ist. Livi ist ja so eine Streberin mit lauter Einsen im Zeugnis!

Und Tessa erspare ich, drei Monate lang mit einem Verband um ihre gebrochene und daher hässlich blutunterlaufene Nase rumzulaufen. Das wäre nämlich das Allerschlimmste für sie. (Bestimmt kann man auf Verbände auch nur sehr schwer Make-up platzieren.) Aber leider nicht zu vermeiden. Denn nach ihrem Satz »Haha – seht ihr! Und ihr sagt immer, ICH sei schlecht in der Schule!«, ist mein fetter Faustschlag auf ihr gepudertes Näschen natürlich eine reine Reflexreaktion (so nennt man das, glaube ich).

Aber da ich weder meinen Schwestern noch meinen Eltern und schon gar nicht Remi irgendetwas Böses antun will, muss ich diese Sache hier jetzt rasch hinter mich bringen.

Ich hole tief und entschlossen Luft und gucke mich um. Beim klebrigen Meersalz, sieht das hier unordentlich aus! *Wie bei Hempels unterm Sofa!*, würde Iris sagen.

(Was ich mich übrigens schon immer gefragt habe: Wer oder was sind eigentlich die Hempels? Und wie sieht es bei denen unterm Sofa eigentlich aus?)

Von Aufräumen scheinen Lehrer jedenfalls nicht viel zu halten. Herumfliegende Zettel, Bücher, Frühstücksdosen ... fröhliches Chaos auf allen Tischen. Aber uns bereits bei der klitzekleinsten vergammelten Bananenschale auf ihrem Lehrerstuhl anmeckern! Tzzz!

Ob ich hier das, was ich finden muss, überhaupt finden werde? Ich gehe schnell rüber zu den Fächern der einzelnen Lehrer. Ob Frau Heinzig das Arbeitsblatt in ihrem Fach aufhebt? Oder in ihrer Aktentasche?

Ich gucke nach unten zwischen die Tische. Oh je, da stehen eine Menge Taschen. Das wird endlos dauern, die alle zu durchsuchen. Gut, dass wenigstens die Lehrerfächer fein säuberlich beschriftet sind.

Herr Osterborn ... Frau Nagemut ... Frau Hinrichs ... Mann, geht das hier überhaupt nicht nach Alphabet? Ich sag's ja, Lehrerzimmer sind das reine Chaos! Frau Meyer-Buchsbaum ... Herr Persson ... Herr Blank ... Frau Heinzig ...

Ah, Frau Heinzig! Wunderbar! Und total voll ist das Fach auch.

Nun muss ich nur noch den richtigen Zettel finden, rüberhuschen zum Kopierer da vorne, das Ding einmal schnell ablichten, in meine Hosentasche stecken, das Original wieder zurück in Frau Heinzigs Fach legen … und dann kann ich mir in aller Ruhe heute Abend zu Hause schööön die Antworten auf Frau Heinzigs komische Ehe- oder Königs- oder sonst welche Mittelalterfragen überlegen. *Babyeierleicht*!, wie Kenny sagen würde.

Hastig nehme ich den dicken Stapel Papiere aus Frau Heinzigs Fach und blättere ihn vorsichtig durch. Großer Meergott, das sind tatsächlich jede Menge Arbeitsblätter! Ein dicker, fetter Stapel Arbeitsblätter!

Ich lese mir nur die obersten Zeilen durch. Arbeit von Donnerstag, 7. Januar, Klasse 5a. Arbeit von Montag, 11. Januar, Klasse 10c. Arbeit von … Holla, wenn ich diese Dinger bei uns in der Schule in Umlauf brächte …

Einen Moment wird mir ganz schwindelig vor Verlockung. So müssen sich Juwelendiebe fühlen, wenn sie im Museum vor superteurem, mit fetter Sicherheitsanlage gesichertem Schmuck stehen und plötzlich begreifen, dass diese Sicherheitsanlage für Profis wie sie einfacher zu knacken ist als Knäckebrot. Verlockende Meermuschel! Sollte ich vielleicht …?

Ich blättere schnell weiter – bis ich tatsächlich den Bogen für unsere Klasse in der Hand halte! Die Fragen für die Arbeit morgen!! Juchhu!!!

Aber – puh – zwei Seiten voller Fragen! Hallo-o?! Wie soll man denn das alles in einer einzigen Stunde beantworten, selbst wenn man die Antworten *wüsste*?

Ich lese mir die erste Frage durch. *Wie kam Karl der Große auf den Thron?*

Na, ich nehme an, der hat seinen langen Mantel gelüpft und seinen Hintern dann einfach da drauf gepflanzt, oder?!

Blöde Frage. Interessiert mich außerdem nicht die Bohne. Und auf welchen Thron überhaupt? Himmel, da muss ich ja trotz der Fragen heute Abend vermutlich noch Stunden in unserem Geschichtsbuch lesen! Denn die Antworten stehen leider nicht auf dem Blatt.

Egal, auf jeden Fall muss ich diesen Zettel jetzt schnellstens kopieren.

Ich gucke nachdenklich auf den restlichen Stapel. Und die anderen Arbeitsbögen da …? Doch während ich noch überlege, wie reich man damit wohl innerhalb eines Tages werden könnte, höre ich eine dunkle, drohende Stimme tief drin in mir sagen: *Malea Bond! Noch einen Schritt weiter und Sie werden von allen Geheimdiensten dieser Welt für immer ausgeschlossen werden. Kein Land der Welt wird ein solches Handeln tolerieren. Überlegen Sie sich, auf welcher Seite Sie stehen wollen! Möchten Sie für die Rettung der Welt kämpfen oder wollen Sie sich auf die Seite der Schurken und Erpresser begeben?*

Uh, wie gruselig. Nee, so ein mieser Schurke will ich wirklich nicht werden. Ich will nur meinen Vater vor einem Blutdruckkoller bewahren und würde auch sonst einfach gerne versetzt werden. Und dafür hat es bestimmt auch mal James Bond mit dem Gesetz nicht ganz so genau genommen.

Ich stopfe also den restlichen Stapel Papiere zurück in das Fach und laufe zu dem riesigen Kopiergerät rüber, das neben dem Fenster in einer Ecke steht. Moment mal, wie funktioniert das Ding eigentlich? Uff, da ist der Knopf ja. Also, Anzahl Kopien: 1. So, nun den Deckel heben und …

HUCH! Was ist das denn? Schritte?

SCHRITTE!

LACHEN!!

DIE TÜRKLINKE!!!

Fast ohnmächtig vor Schreck, rutsche ich mit Frau Heinzigs Arbeitspapier in der Hand gerade noch hinter den breiten Kopierapparat.

»… und sagt mir doch, ich sähe aus wie eine leuchtende Orchidee! Wie eine *Orchidee*, hihihihi! Das musst du dir mal vorstellen!«, giggelt eine Stimme, die vermutlich einer Lehrerin gehört, die gerade mit lautem Schritt ins Lehrerzimmer stöckelt. »Männer!«

»Das ist ja noch gar nichts«, kichert die andere neben ihr zurück, »ich war am Wochenende auf dem Musikfestival in Großnörrach, und da war diese Band, Rainbow – mit einem sehr süßen Drummer übrigens, aber davon später mehr, hihi! Na ja, also jedenfalls sagt doch dieser Kerl von der Band da zu mir, ich sähe aus wie Marlene Dietrich. Ich meine, wer möchte heutzutage noch aussehen wie *Marlene Dietrich*!«

Die Erste giggelt wieder.

Wieso giggelt die eigentlich so dämlich? Was bitte ist daran komisch? (Und *wer* ist Marlene Dietrich?)

»Ganz genau!« Die Erste kann sich kaum halten vor Lachen. »Aber die wichtigere Frage ist wohl: Wer möchte mit jemandem zusammen sein, der Marlene Dietrich noch *kennt*?«

Da hat sie recht, denn ganz offensichtlich handelt es sich um eine Person, die vor hundertfünfzig Jahren oder so gelebt hat, sonst würde ich sie ja auch kennen. Aber trotzdem, diese Lachexplosionen der beiden kann ich echt nicht teilen. Zum Glück! Sonst würden die mich natürlich bemerken, und ich müsste mir eine verdammt gute Ausrede einfallen lassen, warum ich mit dem Arbeitspapier von morgen hier hinter dem Kopierer hocke …

»Ja wirklich, ich meine, wenn er gesagt hätte, ich sähe aus wie Angelina Jolie oder vielleicht noch wie …«

»Du *siehst* aber nicht aus wie Angelina Jolie!«, unterbricht die Erste sie gnadenlos.

Doch darüber scheint die Zweite keinesfalls beleidigt zu sein. Im Gegenteil, die prustet gleich noch mehr los.

Echt, wenn das hier Lehrerinnen sind, dann sind die doch wohl nicht ganz zurechnungsfähig! Ich finde ja sowieso, dieser ganze Nachmittagsunterricht gehört gestrichen. Tut den Lehrern vermutlich auch nicht gut. Alle überarbeitet, glaube ich.

Als sie sich ein klein wenig beruhigt haben, redet die Zweite weiter.

»Na schön, ich sehe vielleicht nicht aus wie Angelina Jolie, aber dieser Typ von Rainbow, ich kann dir sagen, der konnte trotzdem gar nicht genug kriegen! Wir haben geknutscht und uns hinter dem Zelt im Matsch gewälzt wie die Teenager, hihihi! Hach, Ina, ich sag dir, so ein Wochenende ist die reinste Verjüngungskur!«

Iiiih! Das ist ja eklig! Möchte man wissen, dass Lehrer knutschen und sich – bäh! – im Matsch wälzen? N-E-I-I-N!

Wer ist das überhaupt? Ich riskiere mal einen vorsichtigen Blick.

Oh, Frau Meyer-Buchsbaum und Frau Dornkater. Ist die

Meyer-Buchsbaum nicht verheiratet? Und dann schmeißt sie sich mit wildfremden Musikern in den Matsch???

Ach nee, ich glaube, es war die andere, die im Matsch lag. Egal. Matschwälzen sollte grundsätzlich für Lehrer verboten werden. Ich ziehe meinen Kopf schnell wieder zurück. Denn die beiden, die eben noch quatschend vor den Lehrerfächern standen, schlendern jetzt mit einem Stapel Papieren unter dem Arm zu den Tischen rüber. Keine drei Zentimeter an meinem Kopierer vorbei!

Zur Sicherheit halte ich lieber einen Moment die Luft an. Ist wie Tieftauchen. Eins, zwei, drei ... vierundzwanzig, fünfundzwanzig ... Ja, setzen die sich vielleicht heute noch mal? Neununddreißig, vierzig, einundvierzig ... gleich platze ich ...

Frau Meyer-Buchsbaum hustet. Ich nutze den Augenblick und lasse schnell Luft raus und ziehe neue ein. Uff, das war knapp!

»Also, was war dann später noch mit diesem Drummer von – wie heißt die Band noch?«

»Rainbow.«

»Rainbow, genau. Und?« Glucksen. »Was war mit dem?«

»Ja, also ... *der* Typ, der war 'ne ganz extra Nummer!« Frau Dornkater kichert jetzt nicht mehr, sondern macht so ein Geräusch, das klingt, als würde sie durch die Nase schnauben. Nur klingt es nicht verächtlich, sondern eher so, als wenn der Weihnachtsmann »HOHOHO!« sagt. So wie kurz vor der Bescherung.

Frau Meyer-Buchsbaum giggelt daraufhin auch gleich wieder sehr zuverlässig.

Moment mal, HOHOHO?

Rainbow?

Mir zwickt da plötzlich irgendwas ganz grässlich im Magen! Was bitte reden die da eigentlich von dem Drummer von Rainbow? Den Schlagzeuger von Rainbow kenne ich nämlich rein zufällig. Denn das ist natürlich … Cornelius.

Mein VATER!!!

Die reden über *meinen Vater*???

Tessa

Was unbedingt in jede Handtasche gehört: Rouge, Make-up-Stift, Mascara, Handspiegel, mindestens zwei Lippenstifte in unterschiedlichen Tönen, Lipgloss, ein bisschen Geld (falls man an einem Supersonderangebot für Augencreme oder so vorbeikommt), Taschentücher, Peppermint-Kaugummi ohne Zucker (für guten Mundgeruch!), ein klitzekleiner Schokoriegel (falls man plötzlich vor Hunger umzufallen droht), Handy (schließlich weiß man nie, ob man nicht die Nummer einer neuen, netten Bekanntschaft einspeichern muss), deutsch-spanisches Wörterbuch (falls man einen spanischen Freund hat).

Hups! Ist auch mein anderer Lippenstift in der Tasche?

Für den Auftritt auf dem Marktplatz hab ich mich natürlich extra *superdezent* geschminkt. So auf drögen Studentenschick. Eben intellektuell. Also total langweilig. Aber das ist eine von meinen und Dodos wichtigsten Regeln: Immer dem Anlass entsprechend auftreten! Overdressed oder overstyled zu sein, ist ein absolutes No-go.

In diesem Fall also: dezenter rosa Lipgloss, nur das nötigste hellbeige Make-up und bloß ganz wenig Mascara. (Allerdings in Metallicschwarz, sonst würde man ja gleich gar nichts sehen.) Hab nicht mal die tollen falschen Wimpern aufgeklebt, die Dodo und ich neulich unten in der Drogerie entdeckt haben.

Aber es besteht ja wohl kein Grund, auch den restlichen Tag so unscheinbar rumzulaufen! Gut, alles da. Auch der Lippenstift. Fein, dann kann's ja losgehen!

Echt scheußlich eigentlich, diese strenge Unterdrückung meiner natürlichen Schönheit! Das tue ich bloß Livi zuliebe. Will sie schließlich nicht ausstechen. Nicht dass die Leute das nächste Mal, wenn Livi wieder selbst mit ihren Flugblättern in der Hand dasteht, sagen: »Nein danke, wir wollen nicht von so einer blassen Kleinstadtmaus wie dir bequatscht werden! Wir wollen lieber wieder mit der jungen Dame von Welt reden! Mit der konnte man wenigstens angenehm *kultiviert* über Hühnerkacke, die Dichte von Eierschalen und Pest- und Eiterbeulen diskutieren!« Denn – ehrlich wahr – über so was Peinliches soll ich mir jetzt zwei Stunden lang meine Lippen fusselig reden! Hat Livi eigentlich überhaupt keine Schamgrenze?

Ich bin fast ohnmächtig geworden, als ich mir das Flugblatt, das ich verteilen soll, mal in aller Ruhe durchgelesen hab. (Vorhin im Bad, als ich mir meine Foundation-Creme einmassierte und dabei natürlich gut mit einem Auge zumindest auf die Überschriften schielen konnte. Auch wenn ich so was in meinem Buch nicht empfehlen würde. Man darf Cremes nie unkonzentriert einmassieren, sonst drohen scheußliche Ungleichheiten im Gesicht!)

Es ist wirklich unglaublich, womit meine Schwester ihre Zeit vertut! Hat sie wirklich das Gefühl, die Welt ist voll von eingequetschten Hühnern, die an so ekligen Sachen wie riesigen Geschwüren und unschönen Hautentzündungen leiden? Und muss sie diese schrecklichen Fotos dann auch noch auf Flugblätter drucken?

Ach, ich wünschte so sehr, Livi würde endlich die schönen Dinge auf der Welt sehen! (Mit ihren Sommersprossen würde ihr eine blasslila Lippenfarbe sooo gut stehen!)

Aber vielleicht wird man als Kleinstadtmaus so? Hm, muss dringend aufpassen, dass Malea nicht ebenfalls da endet. Schließlich hat man als älteste Schwester Verantwortung. Und wenn sonst schon keiner meine kleinen Schwestern in die richtige Richtung lenkt…! (Iris und Cornelius sind ja absolut nutzlos, was das angeht.)

Ha! Kleinstadtmäuse, davon sind Dodo und ich zum Glück meilenweit entfernt! Auch wenn wir hier noch eine Weile aushalten müssen. Aber bald – ganz bald – werden wir in den Metropolen dieser Welt leben.

Partys und Shoppingtouren jeden Tag! Die Stadt (welche auch immer) wird nur noch von uns sprechen! Wir werden in einem supersüßen Luxuspenthouse wohnen, mit Portier unten am Eingang und Sauna und Whirlpool oben auf unserer Dachterrasse (für die kleinen Sekteinladungen am Nachmittag), und unseren Reichtum genießen. Denn reich werden wir ohne Zweifel sein. (Wie sollte man auch sonst so leben können?) Und genau dafür schreiben Dodo und ich natürlich unser Buch *Flirten, Stylen und andere Lebenstipps*! *Von Tessa-Tiara Martini und Dorothea Dunst.* Mit unserer Erfahrung, was Flirten und Aufbrezeln angeht, wird das ein Megabestseller, kein Zweifel. Hach, was werden wir für ein Leben haben!

Das mit dem Abhauen nach Spanien haben Dodo und ich erst mal gehakt. War dann doch nicht ganz das, was wir wirklich wollten. Auch wenn es gerade so gut läuft mit mir und Javier und bestimmt auch ganz bald mit Dodo und Ramón.

Der gute Ramón kann ja jetzt schon vor wild flatternden Schmetterlingen in seinem sixpackgestählten Bauch kaum noch aus den Augen gucken! Wenn er nur Dodos Namen hört, wird er schon ganz mädchenrosa im Gesicht und lächelt wie eine Schildkröte, die am Hals gekitzelt wird. Echt, der Kerl ist total heiß auf Dodo! Kein Wunder, so raffiniert, wie ich das eingefädelt habe! Ich sag's ja, ein Buch über die Liebe, das Leben und exzellenten Stil im Allgemeinen, geschrieben von zwei Profis wie Dodo und mir, das *kann* nur ein Bestseller werden.

»Vale? Alles klar, mi amorrr?« Javier lächelt mich allerliebst an.

»Claro, claro«, lächele ich zurück. »Todos ist absolut superbien!«

Und das ist es auch – ehrlich, zu so einer positiven Einstellung, wie ich gegenüber dieser dämlichen Kusswettentortur, muss man erst mal finden! Das nenne ich Haltung. Da können sich aber so manche Mädels ein paar ungepflegte Fingernägel von abschneiden!

Hoch erhobenen Hauptes marschiere ich auf den Marktplatz. Verlorene Kusswette hin oder her, es ist natürlich eine Sache der Ehre, hier nicht zu kneifen. (Mann! Wer hätte denn auch jemals gedacht, dass Livi tatsächlich geküsst wird!)

Ja, wie gesagt, es ist alles totalmente in Ordnung, bis … Huch! …

… ich die Menschenansammlung auf dem Marktplatz sehe.

»Carrramba! Was ist denn hierrrr passierrrt?«, brummt Javi neben mir mit seiner süßen, dunklen Spanierstimme.

Ich ziehe schnell meinen kleinen Schminkspiegel raus. Hat Livi etwa den Auftritt ihrer großen Schwester angekündigt? Sind *meinetwegen* so viele gekommen? (Hab ich von dem grässlich kalten Wetter eigentlich eine rote Nase? Grrr, scheußliche Vorstellung!) Die können sich doch nicht wirklich alle für *Hühner* interessieren!

»Un accidente! Ein Unfall!«, ruft Ramón. »Wo ist Dodo?«

Ein Unfall? Hm, na gut, jetzt wo ich genauer hinschaue, knallen die da tatsächlich gerade die Türen von zwei Rettungswagen zu und – uuuuhh, ist das laut – brausen mit Sirenengeheul ab.

»Oh, dónde está Dodo, wo ist Dodo?«, ruft Ramón noch einmal.

Ich zucke mit den Schultern und schüttele dann unauffällig den Kopf. Also, manche Jungen übertreiben echt! Schön und gut, wir wollten Dodo zwar genau hier an dieser Ecke vom Marktplatz bereits vor einer halben Stunde treffen, aber dass sie sogar jetzt noch nicht da ist, heißt ja wohl nicht zwangsläufig, dass sie in einem von diesen Rettungswagen da liegt! Jungs!

Ramón sieht allerdings echt besorgt aus.

»Ich habe kein gutes Gefühl!«, murmelt er. »Tengo miedo! Ich habe Angst!«

»Ramón!«, sage ich leicht tadelnd.

Denn ich finde, man muss immer auf dem Teppich bleiben. Keine unangemessenen, emotionalen Ausraster! Eine echte Lady ist *immer* eine Lady! In jeder Lebenssituation. (Übrigens auch eine von Dodos und meinen goldenen Regeln. Alles nachzulesen in unserem Buch *Flirten, Stylen und andere Lebenstipps*!)

»Ramón!«

Ramón guckt mich gehetzt an, dann überfliegt er mit den Augen wieder hektisch die Menschenmenge.

»Ramón! Guck doch mal hier!« Ich halte ihm milde lächelnd mein Handy hin. »Möchtest du Dodo vielleicht *anrufen*?«

Dass Jungs immer so unpraktisch sind. Wofür gibt es denn Handys? Und außerdem kommt Dodo meistens zu spät. Was ich gut nachvollziehen kann. Ihre krausen Haare sind echt schwer zu bändigen, und sie kann in der Öffentlichkeit ja nicht rumlaufen, als hätte sie einen Meter zu tief in die Steckdose gefasst. Tja, und eine Top-Frisur dauert eben seine Zeit.

Ramón reißt mir fast das Handy aus der Hand und klickt hektisch Dodos Namen an. Mit düster zusammengezogenen Augenbrauen und angespanntem Gesichtsausdruck wartet er auf Antwort.

Gott, sieht der süß aus! (Nicht so süß wie Javi natürlich, aber doch ziemlich zum Anbeißen. Dodo kann sich echt glücklich schätzen, so einen netten Kerl abzukriegen! Und nun macht er sich richtig Sorgen um sie. Ehrlich, sooo süß!)

Och nee, jetzt fliegt mir auch noch Schnee ins Gesicht! Ich hasse den Winter, ständig verläuft einem die Wimperntusche!

Zum Glück hat Dodo neulich im Internet einen supertollen wasserfesten Mascara entdeckt. Nur vierundzwanzig Euro neunzig, also praktisch geschenkt! Cornelius hat sich zwar furchtbar angestellt, aber als ich ihm klargemacht habe, dass ich mit dieser genialen Wimperntusche auch viel schneller morgens im Bad fertig sein würde, hat er endlich seine Kreditkarte gezückt, der Gute!

Allerdings – wegen meines dezenten Auftritts hier habe

ich diesen wunderbaren Mascara ja gar nicht benutzt! Hoffentlich hört es bald auf zu schneien!

Ramón klappt jetzt mein Handy wieder zu.

»Nada – nichts«, sagt er beinahe tonlos. »Sie geht nicht rrran.« (Himmel, verbreitet der eine Dramatik!)

Er wechselt hektisch ein paar spanische Sätze mit Javier. Dass die immer so schnell reden müssen! Nun kann ich ja allmählich schon echt gut Spanisch, finde ich jedenfalls, aber in diesem Tempo kommt ja keiner mit. Was hat Javi da gesagt? El hospital? Im Krankenhaus anrufen? Also – wofür bitte *das* denn?

Ich rolle mit den Augen und wage es sogar, mir an die Stirn zu tippen. Haben die zu viele Filme gesehen, oder was? Wenn man einem Krankenwagen begegnet, heißt das doch noch lange nicht, dass da zwangsläufig jemand drinliegt, den man kennt!

Javier guckt mich böse an. Und Ramón sieht aus wie ein großer, starker Wolf, der plötzlich guckt, als würde er seine Mami und einen Schnuller brauchen. Er lässt die Schultern hängen und glotzt mittelmäßig verzweifelt.

Meine Güte, der wird ja wohl nicht wirklich davon ausgehen, dass Dodo ...?

Schluck! Nun wird mir doch ein wenig flau. Ich überlege, ob ich – bloß zur Sicherheit – vielleicht ein paar rumstehende Leute fragen sollte, ob da ein etwa fünfzehnjähriges Mädchen (na gut, Dodo und ich sehen natürlich eher aus wie siebzehn) in einen Unfall verwickelt worden ist ...

Aber genau da höre ich ein wunderbar vertrautes »HU-huuu!«

Und – schwupp – keine Sekunde später legen sich zwei exzellent manikürte Hände von hinten auf Ramóns Augen, und ein lächelndes Gesicht beugt sich nach vorne zu seiner Wange, wo ihn himbeerrote Lippen küssen. »Hallohooo!«

Ramón fährt herum und reißt Dodo (natürlich mit perfekt toupiertem Haar) in seine Arme, als wäre sie gerade vom Traualtar weggelaufen, aber dann doch noch zurückgekommen. »DODO! Gracias a dios – dem Himmel sei Dank!«

»Na, das nenne ich mal eine angemessene Begrüßung!«, lacht Dodo und gibt nacheinander auch mir und Javi einen Kuss. »Wartet ihr etwa schon lange?« Harmloser Augenaufschlag, netter Grinser.

Ach, Dodo ist einfach perfekt! (Aber wieso, bitte schön, hat sie Himbeerrot aufgelegt? Wir hatten doch *dezent* abgesprochen!) »Kein Problem«, flöte ich zurück. »Wir sind auch eben erst gekommen. Wir haben noch schnell bei Walter Walbohm gegessen.«

Ringelingelingdingdong!

Ups, mein Handy! Nanu, Dodo steht doch hier neben mir, wer kann das denn…? »Ja, hallo? Tessa-Tiara Martini?«

»Tessa? Hi, hier ist Henry! Ist Hase vielleicht bei euch?«

Henry! Netter Kerl! Aber gerade jetzt kann ich ja nicht wirklich mit ihm flirten, schließlich steht Javi direkt neben mir. Dabei hätte Henry ein wenig Flirterei durchaus verdient, so nett wie er mir vor zwei Monaten geholfen hat bei… bei… Egal, darüber muss man ja eigentlich gar nicht mehr reden. Ist ja nicht so wichtig, *wobei genau* er mir geholfen hat…

»Henry! *Hi!* Wie geht's dir?«

Javi guckt mich etwas irritiert an.

Hab ich meine Stimme zu hoch klingen lassen, als ich

Henrys Namen in den Hörer gehaucht habe? Aber man muss doch wenigstens nett sein dürfen! (Henry sieht ehrlich *raaasend* gut aus!) Und ich bin nun mal *immer* nett.

Auch eine von meinen und Dodos goldenen Regeln. Immer nett und höflich bleiben!

»Ist Hase mal wieder von zu Hause abgehauen?«, versuche ich, etwas neutraler zu fragen.

Henry bejaht und erzählt mir dann lang und breit, wie der sonst so gemütliche Hase schon wieder seinen massigen Körper in Galopp gesetzt hat und dann über den ziemlich hohen Zaun vor seinem Haus gesprungen ist. Bloß um unsere Aurora zu besuchen.

»Aber was macht man nicht alles, wenn man verliebt ist!«

»Tja… Hihihi!«, kichere ich höflich als Antwort. (Versucht Henry, mir zu sagen, dass *er* in *mich* verliebt ist?)

Javi guckt noch irritierter.

Ich räuspere mich. »Du, Henry, wir sind – ähm – eigentlich gerade beschäftigt. Wir klären gerade ein paar Leute auf dem Marktplatz über die furchtbaren Zustände auf Hühnerfarmen auf.« (Ja, das klingt gut. Viel besser als: Ich muss so 'ne dämliche Wettschuld bei Livi einlösen.)

Henry ist auch gleich mächtig beeindruckt. »Ich wusste gar nicht, dass du auch politisch engagiert bist. Wow!«

Wow? Sehr gut! Wusste ich's doch!

»Oh ja«, flöte ich. (Immer flexibel sein! Noch eine unserer goldenen Regeln.) »Politische Arbeit ist sooo wichtig. Man kann doch nicht tatenlos dabei zusehen, wie Hühner im Elend hocken!« (Mann, ich bin richtig gut!)

Javi wirft mir einen Blick wie *Nun-übertreib's-mal-nicht!* zu. Und sogar Dodo hat ein leicht erstauntes Lächeln im Gesicht. Also ehrlich, was denken die? Dass ich nicht im Mindesten an unseren Frühstückseiern interessiert bin?

»Soll ich euch helfen kommen?«

Als hätte er Henrys Frage gehört, wirft Javier mir einen warnenden Blick zu.

»Och, du … das ist supernett, aber eigentlich …«

»Ich komme gern«, unterbricht mich Henry einfach, »ich hab sowieso nichts anderes zu tun.«

Er hat nichts zu tun? Was ist denn mit seiner Freundin Elena?

»Nicht?«, frage ich belanglos, um Zeit zu gewinnen.

Javi guckt wie eine saure Zitrone.

»Nö«, meint Henry. »Ich schwinge mich schnell aufs Fahrrad, okay? Bin in zehn Minuten da!«

»Ähm …«

Als ich das Handy zuklicke, sehe ich vermutlich ein wenig schuldbewusst aus. Und tatsächlich bin ich auch ein winzig kleines bisschen verärgert über mich selbst. Ist eigentlich echt dämlich, wenn Henry hier auftaucht. Wo Ramón und Dodo wirklich gut etwas Zeit miteinander gebrauchen könnten. Auf jeden Fall keinen anderen Jungen, der vielleicht doch noch dazwischenfunkt. Denn – na schön, auch wenn es nicht ganz so wahrscheinlich ist – Henry könnte es ja auch auf Dodo abgesehen haben.

Oder Dodo auf Henry? Hilfe! Aber wenn man sich mal an Schlaftablette Marvin erinnert, ist Dodo in solchen Sachen echt alles zuzutrauen! Daher sollte ich jetzt wirklich alle unnützen Verkomplizierungen vermeiden, wo es doch endlich so gut in die richtige Richtung läuft.

Auf der anderen Seite ist Henry wirklich *sehr* nett. Und ich habe ihn in letzter Zeit kaum zu sehen bekommen.

»Was ist denn?«, fragt Dodo jetzt. »Was wollte er?«

»Er… ähm…«, versuche ich, möglichst belanglos zu antworten, »er kommt und hilft uns, Leute zu bequatschen.« Ich gehe in die Offensive. »Toll, oder?«

Dodo fängt an, eine kleine Locke in ihrem Gesicht in Form zu zupfen. »Ach ja?«

Javiers Gesicht ist trotz der immer dichter fallenden weißen Schneeflocken düster wie der spanische Himmel bei Sturmböen.

Und Ramón guckt einfach nur verblüfft. »Was will derrrr denn hier? Soll das vielleicht eine Parrty werden?«

Malea

Sogar James Bond kommt gelegentlich in ausweglose Situationen. Sogar James Bond muss sich gelegentlich ergeben. Sogar James Bond guckt gelegentlich richtig verzweifelt und ratlos. Wie schafft er es allerdings, dass er am Ende dann doch immer gewinnt?

Also – hihihi – dieser Drummer, das – hihihi – das war ehrlich der Superhammer! Der hat vielleicht Sprüche drauf! Ich sag dir, Ina, der wollte doch ehrlich …«

Frau Dornkater quatscht und kichert und quatscht immer weiter.

NEIN! Ich will das nicht hören!!!

HILFE! Wann hört dieser Albtraum endlich auf? ICH WILL HIER RAUS!

Außerdem halte ich es auch nicht mehr lange aus, zusammengefaltet wie Aurora in ihrem Nest, hier hinter dem Drucker zu hocken. Und was mache ich bitte, wenn die mich gleich finden???

Na schön, ich könnte vermutlich immer noch behaupten, ich hätte meine Kontaktlinsen verloren. Aber das würde noch nicht zwangsläufig erklären, warum ich den Zettel mit den Fragen für unsere Arbeit morgen in der Hand halte. Und: Werden die beiden wohl bei meinen Eltern nachfragen, ob ich überhaupt Kontaktlinsen habe?

Oh nee, oh nee, ich werde in wenigen Sekunden meerwassertief im Schlamm hängen!

Frau Dornkater bricht mitten im Satz ab. »Was war das?«

»Was war was?«, fragt Frau Meyer-Buchsbaum.

»Das Rascheln! Da hat was geraschelt.«

»Blödsinn!«

Ich wage kaum zu atmen. Als ich eben das verräterische Papier unter meinen Pulli stopfen wollte, für den Fall, dass sie mich entdecken, konnte ich ein klitzekleines Papierknistern natürlich nicht vermeiden.

Mir wird ganz schlecht. Wem würde nicht schlecht werden, wenn er gerade gehört hätte, wie eine Lehrerin ihr wildes Knutschen mit dem eigenen Vater beschreibt? Ja, kotzübel ist mir! Fast so schlecht wie nach dem ungewollten Essen von Muscheln oder anderen Meeresfrüchten.

Ups, oh je, an Meeresfrüchte zu denken, hilft jetzt auch nicht gerade!

Muss ich etwa rülpsen? Nein, NEIN, ich werde NICHT rülpsen! Jeder Mensch kann doch wohl einen Rülpser unterdrücken, wenn er nicht rülpsen möchte! Ich bin stark, ich bin stark, ich bin …

»UUURRRGS.«

»DA!« Frau Dornkaters Stuhl fällt um, als sie hektisch aufspringt.

Mein Herz klopft wie Cornelius' Trommelwirbel am Ende eines Stückes. Zu laut, zu schnell, zu hektisch.

Ihr Gesicht taucht direkt über mir auf. Während sie zu mir runterstarrt, sieht sie für eine Zehntelsekunde ungläubig aus. Dann nur noch böse. (Kein Wunder! Ich wäre auch böse, wenn ich feststellen würde, dass man mir gerade bei peinlichen Matschgeschichten zugehört hätte ...)

Das Spiel ist aus, Malea Bond.

»MALEA MARTINI! WAS TUST DU HIER?«

Bevor ich noch irgendetwas Sinnvolles antworten könnte, stürmt auch Frau Meyer-Dornbusch heran und hängt ihren Kopf ebenfalls über den Kopierer.

»MALEA! Ich glaube es nicht! Was um alles in der Welt ...?«

Was mir wertvolle weitere zweieinhalb Sekunden zum Nachdenken gibt.

Leider sind zweieinhalb Sekunden nicht sehr viel. Für den Ernstfall reichen sie jedenfalls nicht aus.

»... tust du hier?«

Mir fällt absolut gar nichts ein.

»Malea?«

Ich versuche, so freundlich wie möglich in die Gesichter über mir zu gucken. »Ja?«

»WAS TUST DU DA?« Das ist wieder Frau Meyer-Buchsbaum. Frau Meyer-Buchsbaum sieht zwar nicht ganz so entsetzt aus wie Frau Dornkater (verständlicherweise!), ist aber generell viel strenger. Das weiß jeder.

Ich atme aus, als wäre es mein letzter Atemzug.

Und wer weiß, vielleicht könnte er das sogar sein? Hat es nicht mal irgendwann eine Überschrift in einer Zeitung gegeben: *Elfjährige Schülerin unter mysteriösen Umständen tot im Lehrerzimmer gefunden!* Tod durch akuten Schock?

»Steh bitte auf!« Frau Meyer-Buchsbaum sieht mir streng in die Augen.

Komisch, jetzt hört sie sich kein bisschen mehr so an wie eben noch. Hat sie wirklich noch vor ein paar Minuten gekichert wie eine Schülerin und gesagt, dass irgendjemand sie am Wochenende eine Orchidee genannt hat?

Eine Orchidee! Ausgerechnet Frau Meyer-Buchsbaum! Haha! Diese Vorstellung lockert meine schockgefrorene Atmung zum Glück ein bisschen.

Gut, sehr gut! James Bond ist nie – und ich meine absolut NIE – schockgefroren. Wie sollte er sonst ständig über Hochhäuser springen oder sich in mehreren Tausend Metern Höhe an Flugzeuge hängen? (Wie groß ist wohl die Chance, dass in den nächsten zehn Sekunden ein Flugzeug vor unserem Fenster auftaucht und *mir* eine Rettungsleine zuwirft?) Vielleicht sollte ich mir zur weiteren Auflockerung auch noch schnell ins Gedächtnis rufen, was Frau Dornkater erzählt hat?

NEIN, nein, nein, natürlich nicht! Oh, böser Fehler! Bei der bloßen Erinnerung daran schwanke ich sofort beim Aufstehen.

»Ist dir nicht gut?« Frau Dornkater sieht nicht mehr ganz so böse, sondern ein klein wenig besorgt aus.

Ob mir nicht gut ist?

Ich schwanke automatisch noch ein bisschen weiter. Weil: HA! Das Spiel ist vielleicht doch noch nicht ganz aus, denn Malea Bond begreift schnell!

»Oh – aaahh …«, fange ich sofort begeistert an zu stöhnen (danke für diese geniale Idee, Frau Dornkater!), »mein Baaauch – oooh – aaaahhh, mein Bauch!«

Frau Meyer-Buchsbaum und Frau Dornkater ziehen ihre Stirn in Falten und gucken mich etwas zweifelnd an.

Oh, Mist, verdammter! Eben sahen sie noch sehr viel mitleidiger aus. Da bin ich wohl leicht übers Ziel hinausgeschossen.

Warum musste ich mir auch voll auf meinen Bauch

hauen! Wäre ein wenig jammern allein nicht genug gewesen? Das peinliche Papierknistern war natürlich nicht zu überhören.

Oder doch? Hoffnung …

»Malea! Was hast du da unter deinem Pulli?« Frau Meyer-Buchsbaums Stimme ist plötzlich knallhart. Im Film hätte ich genau in dieser Sekunde begriffen, dass sie eine von den Bösen ist.

»Oh – auuuu!«, versuche ich, noch ein wenig weiterzumachen.

Ich werde doch wohl ein klitzekleines bisschen Mitleid aus denen rausquetschen können? Die werden eine arme schmerzgeplagte Schülerin doch nicht einfach so leiden lassen?

»WAS hast du da unter deinem PULLI?«, wiederholt Frau Meyer-Buchsbaum unbarmherzig.

Oh, Erwachsene sind manchmal echt fies!

»Heb den Pullover hoch und zeig uns, was du da hast!«, unterstützt sie auch Frau Dornkater.

Ob es was bringt, wenn ich mich weigere und sage, dass es im Zimmer viel zu kalt ist, um meinen Pulli zu lüpfen, und sie sonst schuld sind, wenn ich mir eine Erkältung hole? Hab schon oft gehört, dass solche Sachen manchmal klappen. Es ist erstaunlich, wie leicht sich Erwachsene dann doch wieder beeindrucken lassen.

»Ich f-f-f-frrriiiiere s-s-sooo«, fange ich mal vorsichtig an und lasse meine Zähne gekonnt aufeinanderklappern.

(Mann, ich bin echt gut! Wenn ich nicht Geheimdienstagentin werde sollte, kann ich mich später immer noch als Schauspielerin in James-Bond-Filmen bewerben!)

Frau Meyer-Buchsbaum und Frau Dornkater scheinen da nicht ganz meiner Meinung zu sein.

»Malea Martini!«, sagt Frau Meyer-Buchsbaum nun in drohendem Ton. »Treib es nicht auf die Spitze! Her mit dem Papier, das du da versteckt hältst! Aber sofort! Und wenn dieses Papier das ist, wofür ich es halte, dann kannst du dich auf gehörigen Ärger einstellen, das ist dir ja wohl klar!«

Meerwasserklar, danke.

Uff.

Okay, selbst James Bond weiß, wann er verloren hat. Ich gebe auf.

Super. Das ist das Ende. Was soll jetzt noch kommen?

Tessa

Was wirklich in keine Handtasche gehört: dicke Stapel von Flugblättern, Enteiser-Spray (obwohl man das bei einigen Minustemperaturen für seine Füße echt gut gebrauchen könnte), Schwarzbrot (schimmelt spätestens ab der dritten Woche), Blumen (die knicken leicht, außerdem sind die Jungs immer so enttäuscht, wenn man sie achtlos in die Tasche stopft), Liebesbriefe (man weiß nie, wen man trifft, und könnte möglicherweise den falschen Brief dabeihaben, was echt peinlich wäre).

Glaub ich ja wohl nicht! Jetzt turtelt Dodo schon mindestens eine halbe Stunde mit Henry dahinten rum, während ich mir hier auf dem Marktplatz meine zarten Füße platt stehe und versuche, hässliche Zettel an ignorante Menschen zu verteilen.

Wieso – um alles in der Welt – will meine Flugblätter denn noch nicht mal jemand in die Hand nehmen? Ich sehe doch, weiß Gott, attraktiv genug aus!

»Hallo, haben Sie vielleicht einen Augenblick Zeit? Es geht hier um die Lebensbedingungen von Hühnern in …«

Meine Güte! Die hören mir ja nicht mal zu! Rennen einfach weiter! Und ich dachte immer, das läge nur an

Livis schrecklicher Aufmachung, wenn sie oft so frustriert nach Haus kommt und sich beklagt, dass die Leute nicht das leiseste Interesse hätten, zu hören, was sie zu sagen hat.

Wenigstens hat sich Javis Miene wieder aufgehellt. Nur Ramón sieht ziemlich griesgrämig aus. Also ehrlich, werde Dodo gleich mal in ihren wohlgeformten Hintern treten müssen. Sie wird ja wohl nicht den gleichen Fehler zweimal machen und den armen Ramón total links liegen lassen?

Seufz. Was man aber auch alles im Blick behalten muss! Nicht nur meine Schwestern lassen sich die abstrusesten Dinge einfallen, nein, auch Dodo muss man immer wieder sanft in die richtige Richtung lenken. Na gut, auch wenn ich – ähm – mir ja fest vorgenommen habe, sie in diesen Dingen von jetzt an – ähm – ein wenig selbst entscheiden zu lassen, oder – ähm – mich vielleicht auch sogar mal nach ihr zu richten und …

Aber – ehrlich! – sie hat mir doch erst vor wenigen Wochen selbst gesagt, dass sie total und kompletto verknallt in Ramón ist! So gesehen helfe ich ihr ja wohl nur, genau das zu tun, was sie auch *selber* will! Und das ist ja wohl – kajalklar – ein echter Freundschaftsdienst!

»Hallo, guten Tag, dürfte ich Ihnen vielleicht dieses Informationsblatt geben, wo Sie sehen können, was …«

Na gut, immerhin hat mich der Kerl angelächelt. Ist ja schon was. Ich dachte schon, ich bin plötzlich unsichtbar geworden. Ätzendes Gefühl! Stehen geblieben ist er aber trotzdem nicht und meinen Zettel hat er erst recht nicht genommen. Blödmann!

Nur vier Leute haben bisher überhaupt ein Flugblatt von meinem dicken Stapel mitgenommen, aber im Laufschritt nach einem minikurzen Blick darauf ein paar Meter weiter sofort in den nächsten Papierkorb fallen lassen. Danke! Sehr nett!

Das macht mich richtig böse! Auch wenn ich es natürlich ziemlich bescheuert finde von Livi, sich mit solchen Sachen wie Eiterbeulen an Hühnerhintern zu befassen, macht es mich doch wütend, wie diese Leute mit dem Geld von einer meiner Schwestern umgehen. Livi und Gregory bezahlen die Druckkosten für diese Flugblätter schließlich von ihrem eigenen Taschengeld! Und dann schmeißen die Leute das Papier einfach in den nächsten Müll. Was für eine bodenlose Frechheit! Also, wenn das noch ein Einziger heute tut, dann werde ich dem aber mal gehörig meine Meinung sagen!

Da kommen wieder zwei. Hausfrauen, dick bepackt mit Supermarkttüten.

Ich wende meine Augen ab. Die kann ich gleich vergessen. So viel habe ich bereits in der letzten halben Stunde gelernt. Die sehen viel zu gehetzt und zeitknapp aus. Außerdem haben sie keine Hand frei und wollen ihre Tüten sicher nicht in den nassen Schnee stellen.

Mist, warum schneit es bloß ausgerechnet heute so viel? Bei diesem nasskalten Wetter hat vermutlich auch der netteste Mensch wenig Lust, sich lange draußen bequatschen zu lassen.

Ich lasse die beiden Hausfrauen vorbeigehen und suche nach neuer Beute. Ah, da! Wie wäre es mit diesem geschäftig aussehenden Mann, Marke junger, aufstrebender Bankangestellter? (Na schön, *so* jung sieht er bei näherer Betrachtung vielleicht doch nicht aus – so irgendwas Undefinierbares zwischen dreißig und vierzig. Jünger als Cornelius, aber viel zu alt für mich.)

»Guten Tag, haben Sie vielleicht eine Sekunde Zeit? Wir haben auf diesem Flugblatt hier …«

»Aber für Sie doch immer!« Der Mann bleibt stehen und lächelt mich mit einer Reihe strahlend weißer Zähne an.

Hallo-o! Na, aber – Bingo! Geht doch!

Ich strahle zurück. »Ja, wie gesagt, es geht um die skandalöse Unterbringung von Legehennen.« Ich halte ihm Livis Flugblatt hin.

»Danke.« Er nimmt es, aber lächelt immer noch mich dabei an. Und nicht etwa das Flugblatt. (Ja, es gibt eben doch genug Menschen, die Wichtiges von Unwichtigem unterscheiden können!) »Machen Sie das hauptberuflich oder ehrenamtlich?«

Ha! Der hält mich für mindestens achtzehn, ich sag's ja!

Ich streiche mir meine langen blonden Haare zurück und lächele selbstbewusst. »Ehrenamtlich.« Beim Einlösen einer Wettschuld geht's ja wohl nur um Ehre und sonst nix. »Ich gehe noch zur Schule. Aber ich finde, man kann gar nicht früh genug damit anfangen, sich seine Umwelt und die vielen Probleme etwas genauer anzugucken.«

Mann, was fasele ich da bloß für einen Blödsinn? Hätte gar nicht gedacht, dass mir solche Sachen so locker über die Lippen kommen. Ach, ich bin eben einfach talentiert!

»Sehr gut!«, lobt der Banker. »Das nenne ich Engagement! Gehen Sie hier in der Stadt zur Schule?«

Ich nicke und lächele weiter. Wüsste jetzt auch nicht mehr wirklich, was ich sagen sollte. Steht ja auch sowieso alles klar und deutlich auf dem Zettel. In solchen Sachen ist Livi perfekt.

»Und woher haben Sie die Informationen auf dem Flugblatt hier?«, fragt der jung gebliebene Bankangestellte. Er holt eine Brille aus seiner Tasche (wohl doch nicht mehr so ganz jung geblieben, eher vierzig als dreißig) und fängt interessiert an, das Blatt zu betrachten. »Diese Fotos hier, die sind ja beeindruckend.« Er beginnt, den Text zu lesen. »Und das stimmt wirklich? Es gibt hier in der Stadt immer noch Legebatterien mit konventioneller Käfighaltung, obwohl das neue Gesetz zum Schutz der Legehennen schon überall hätte greifen sollen?«

Ähm…

»Und dieser sogenannte Hühnerhof hier bei uns bedient sich immer noch der Vertikalen Integration, was ein völlig veraltetes Geschäftsmodell ist?«

Der vertikalen *was*? Hilfe, wovon redet der Typ?

Ich befeuchte mir kurz meine Lippen, nicke kräftig und lächele dabei überzeugend. Das kann ich! Und wird ja wohl stimmen, wenn es denn da steht. Ich vertraue Livi voll und ganz. (Meine Güte, womit beschäftigt sich meine Schwester eigentlich? Ich dachte, es ginge ihr einfach bloß um ein paar Hühner!)

Merkwürdig, irgendwie erinnert mich der Kerl an jemanden.

»Und wenn Sie hier von Kannibalismus schreiben, was meinen Sie denn genau damit?« Er nimmt die Brille ab und guckt mir direkt in die Augen.

Kannibalismus? Mir bröckelt vor Schreck fast der Mascara von den Wimpern. Was um alles in der Welt steht eigentlich auf diesem Flugblatt alles drauf?

Mist! Hätte das wohl doch genauer unter die Lupe nehmen sollen. Als ich mir die Gesichtscreme einmassierte, hatte ich natürlich nicht Zeit, um wirklich alles zu lesen. Aber wer rechnet schon damit, dass irgendjemand *so lange* über diesen Kram reden will! (Außerdem klingt es nicht so, als würde man auch nur *ein Wort* von dem verstehen, was Livi und Gregory da zusammengeschrieben haben. Also hätte es wohl auch nicht allzu viel geholfen, wenn ich es denn gelesen *hätte.*)

»Und wie genau muss ich mir das mit den Knochenbrüchen beim Legen der Eier vorstellen?«, feuert der Typ jetzt ohne Rücksicht weiter und guckt mich dabei immer durchdringender und neugieriger an. Nicht unbedingt unangenehm, aber schon ein bisschen bohrend. Und – na gut – doch ein klein wenig unangenehm. Weil ich diesen dusseligen Text eben *nicht* gelesen habe.

Und vermutlich genau deswegen erinnert er mich in diesem Moment an einen Lehrer.

Kajalklar, dieser Kerl muss Lehrer sein. Kein Bankangestellter. Trotz Anzug. Vielleicht ein verkleideter Lehrer?

Der Typ lächelt wieder sein zahnweißes Lächeln.

Oder doch ein Zahnarzt? Aber die tragen natürlich noch viel weniger Anzug. Außer bei Beerdigungen. Oder Hochzeiten.

»Können Sie mir das etwas näher erläutern?«

Wie ich so an Lehrer und Zahnärzte denke, vergeht mir ein bisschen das Lächeln. Oder liegt das an den scheußlichen Dingen, die da offenbar auf dem Flugblatt stehen? Grottengruselig! Ich muss wohl ziemlich entsetzt ausgesehen haben, denn jetzt sehe ich Javi mit besorgtem Blick auf mich zustiefeln. Anscheinend hat er uns beobachtet.

»Stimmt was nicht, mi amorrr?«, fragt Javi, als er uns erreicht hat, und wirft mir einen liebevollen und dem Lehrer-Banker mit Zahnarztgesicht einen ziemlich strengen Blick zu.

Fast rutscht mir ein kleines Kichern raus. Ach, Javi ist sooo süß mit seinem spanischen Beschützerinstinkt!

Obwohl – hm – etwas mehr könnte er mir allerdings schon zutrauen. Ich bin doch kein kleines, doofes Mädchen, das nicht auch sehr gut alleine mit Männern umgehen kann!

Womöglich denkt dieser Weiße-Zähne-Banker-Typ sogar genau das Gleiche wie ich. Denn er schaut Javi fast amüsiert an. Und begreift offenbar sofort, wer Javi ist.

»Ich lasse mir nur gerade ein paar Dinge von Ihrer Freundin erklären«, sagt er in ruhigem Ton.

Ich nicke sehr reif und erwachsen dazu. Genau! Schließlich haben wir hier über total wichtige Sachen geredet. Na gut – auch wenn ich nicht ganz so viel geredet habe. Schön – eigentlich gar nicht.

Trotzdem.

Javier grunzt wie ein Hund, der enttäuscht darüber ist, dass der nette lächelnde Mann doch kein Einbrecher ist. Wo er doch so gerne ein bisschen gebellt und gebissen hätte! Zur Sicherheit bleibt er neben uns stehen.

»Ich finde es großartig, wenn sich bereits Schüler politisch engagieren«, behauptet der Lehrer-Banker, »ob im Umwelt- oder Tierschutz oder auch in anderen politischen Organisationen.«

Javi nickt zustimmend, bleibt aber stumm und misstrauisch wie der Hund. *(Kein Räuber? RRrrr, kann ja jeder behaupten!)*

Da fliegt wieder ein Lächeln über das Gesicht des Zahnarzt-Bankers. (Ich weiß nicht, irgendwie finde ich ihn sympathisch.) »Gehören Sie alle zu dieser Gruppe?«

»Zu welcher Gruppe?«, frage ich erstaunt.

»Na, hier!« Der Lehrer-Banker deutet auf Livis Zettel. »Ihr habt doch unterzeichnet mit *Auroras Freunde*. Das ist doch Ihr Aktivistenname, oder?«

Aktivistenname? Was ist das denn? Aber – hey! – nette Idee von Livi und Gregory, sich für ihre Hühneraktionen *Auroras Freunde* zu nennen!

»Ah ja, das!«, antworte ich schnell. »Klar, klar, wir sind alle Auroras Freunde. Sind wir doch, oder Javi?«

Javi nickt wieder. Immer noch stumm. Beinahe hätte er wirklich laut geknurrt.

Ich werfe einen Blick zu Dodo, Henry und Ramón rüber. Können die Javier nicht mal von hier weglotsen? Ich brauche wirklich keinen Aufpasser, um mit politisch interessierten, jung gebliebenen Männern zu reden.

»Darf ich mich übrigens vorstellen?«, fragt der Zahnarzt-Banker jetzt. »Ich bin Gerold Grünberg. Der neue Rektor der Bettina-von-Arnim-Schule.« Er zwinkert mir zu. »Ich nehme an, wir werden uns jetzt öfter mal über den Weg laufen.«

Der neue Direktor? Von unserer Schule? Bingo! Wusste ich es doch, ein Lehrer …

Hilfe! Da wäre es ja netter gewesen, einen Zahnarzt zu treffen.

»Nun machen Sie bitte kein ganz so entsetztes Gesicht!«, scherzt Gerold Grünberg. »Oder darf ich noch Du sagen?«

Ich nicke. Nun ebenfalls stumm wie Javi.

Javis Gesicht hat sich bei dieser Nachricht allerdings deutlich entspannt. Jetzt spielt sogar ein leichtes Grinsen um seinen Mund. Blödi!

»Wie heißt du denn und in welcher Stufe bist du?«

»Tessa-Tiara Martini«, hauche ich, immer noch nicht ganz über den Schock hinweg, »ich bin in der zehnten Klasse.«

Dann aber ziehe ich mir meinen warmen Wollminirock

energisch zurecht, recke meinen Kopf hoch und sehe ihm kajalstiftgerade in die Augen. Nie die Haltung verlieren! Auch nicht in schrecklichen Momenten!

»Ach«, sagt Gerold Grünberg etwas erstaunt. Was durchaus verständlich ist bei meinem ausgesprochen hübschen und ungewöhnlichen Namen. »Dann hast du noch mehr Geschwister auf der Schule?«

Ich seufze und streiche mir meine Locken aus dem Gesicht. Woher weiß der das denn nun schon wieder? »Ja, ich habe noch zwei jüngere Schwestern, die auch auf die Bettina-von-Arnim-Schule gehen. Meine jüngste Schwester geht noch in die Grundschule.«

»Interessant«, nickt Gerold Grünberg.

Eine Ansicht, die ich wirklich nicht teilen kann. Viel Interessantes kann ich an meinen Schwestern beim besten Willen nicht entdecken.

»Über eure *Auroras-Freunde*-Gruppe sollten wir in der Schule noch mal reden!«, meint Gerold Grünberg dann. »So ein Engagement finde ich wirklich großartig. Und wenn es hier in dieser Stadt tatsächlich noch einen Betrieb gibt, der mit solch skandalösen Methoden arbeitet, dann stimme ich euch völlig zu. Dem muss schnellstens das Handwerk gelegt werden!«

Ich staune mit offenem Mund.

Und nur durch das lange Training mit Dodo – was sich immer wieder auszahlt! – gelingt es mir, mich eilig zusammenzureißen und statt dem Karpfenmaul ein reifes und angemessenes Lächeln auf meine Lippen zu platzieren.

»Ich bin froh, dass ich euch hier auf dem Marktplatz getroffen habe«, behauptet unser neuer Schuldirektor und reicht mir zum Abschied die Hand.

»Gute Arbeit, wirklich, das muss ich sagen!«, lobt er und hält das Flugblatt hoch. »Das darf ich doch mitnehmen, oder?«

»Natürlich!«, versichere ich ihm. Das und die anderen hundertzwanzig bitte auch!

»Danke!«, lächelt Gerold Grünberg und steckt den Zettel sorgfältig in seine Aktentasche. »Ich werde mir alles in Ruhe heute Abend zu Hause noch einmal durchlesen.«

Ich auch. Denn jetzt möchte ich tatsächlich wissen, was es mit diesem ganzen Hühnermist genau auf sich hat. Möglicherweise hat Livi ihre Zeit doch nicht total und komplett vergeudet? Den neuen Schuldirektor hat sie auf jeden Fall schon mal auf ihrer Seite.

Huch – apropros Seite! Ist das, was mir an meiner linken Wange runterläuft, etwa ein Rinnsal aus schwarzem Mascara?

OH NEIN! Diese blöden Schneeflocken!

Gerade als sich Gerold Grünberg zum Gehen wendet, dreht er sich noch mal um. »Wer *ist* eigentlich Aurora?«

»Och …«, mache ich, weil ich mich verständlicherweise im Moment nicht gut auf irgendwas anderes konzentrieren kann als auf den Zustand meiner linken Gesichtshälfte.

Ich versuche, mit meiner Hand eine möglichst große Fläche meiner Wange abzudecken, und hoffe, dass dieser Grünberg denkt, ich hätte Zahnschmerzen. Was ich weitaus weniger peinlich finden würde als auszusehen wie Kenny, ein paar Stunden nachdem sie mit Bonbon-Bentje *Große Dame* gespielt hat. »Och, Aurora, das ist nur …«

»Das ist una gallina, ein Huhn«, mischt sich Javier ein. »Aurora ist das Haushuhn der Familie Marrrtini.«

»Ein Haushuhn?«

Da ist wieder dieses amüsierte Grinsen im Gesicht von Herrn Grünberg. Dann schaut er fragend zu mir rüber.

»Och …«, mache ich noch mal und hoffe, dass die schwarze Suppe nicht durch meine Finger durchkleckert. »Ja, das mit Aurora, das ist 'ne lange Geschichte …«

Unser neuer Schuldirektor schmunzelt. »Na, ich hoffe, ich kriege die irgendwann mal zu hören! Bis bald!«

Während ich hektisch in meiner Handtasche nach einem Taschentuch fummele, sehe ich diesem Gerold Grünberg nachdenklich hinterher. An irgendjemanden hat der mich echt erinnert! Tja, Lehrer sehen eben alle gleich aus …

Mit meinem Taschentuch tupfe ich heftig an meiner linken Wange herum. (Und rubbele damit vermutlich mein ganzes dezentes Make-up weg – seufz.) Wieso habe ich bloß nicht meine supergute, neue, *wasserfeste* Wimperntusche benutzt!

Ach, an dieser furchtbaren Sparsamkeit von mir muss ich wirklich ernsthaft arbeiten. Ist doch kaum zu glauben, dass ich in so eine Situation komme, bloß weil ich mir das bisschen Edel-Mascara nicht jeden Tag gönne! Was bin ich nur für eine schrecklich bescheidene Sparmaus! »Oh, guck mal, Javi!« Fantastisch aussehende knallrote Wildlederstiefel staksen an den Beinen einer Lady an uns vorbei und reißen mich in die Realität zurück. »Die *muss* ich haben!«

»Aberrr, mi amorrr«, höre ich Javier dämlicherweise antworten, »du hast doch schon neunzehn Paarrr Stiefel und mindestens vierrr davon sind rojo, rrrot. Warrrum brrrauchst du denn a más, *noch* mehr?«

Also ehrlich, Jungs sind sooo oberflächlich! Die verstehen echt nichts vom Leben und noch weniger von Mädchen. Wo ich mir doch nun wirklich kaum was leiste! (Außer die absolut lebensnotwendigsten Dinge.) Und jetzt auch noch für Livi stundenlang im Schneematsch gestanden habe. Da hat man ja wohl eine klitzekleine Belohnung verdient!

Livi

»Erstens kommt es anders und zweitens als man denkt!« Unsere Rema hat's mit Sprüchen. Und wenn man mit all diesen Sprüchen aufgewachsen ist, schwirren die einem in den unpassendsten Momenten im Hirn rum. Ja, ja, erstens kommt es anders ... und drittens passiert so was garantiert immer nur mir!

Die weiß gekalkten Wände tragen aber auch nicht gerade zur allgemeinen Aufheiterung bei, muss ich sagen. Und diese zwei superaltmodischen Bilder mit irgendwelchen Topfpflanzen drauf finde ich ziemlich deprimierend. Warum stellen die nicht richtige Pflanzen ins Zimmer? Oder warum hängen sie nicht irgendwas Interessanteres auf, das einen von seinem eigenen Leid ablenkt?

Die Frau neben mir im Bett stöhnt ab und zu. Löst aber trotzdem seit Stunden ununterbrochen einarmig Kreuzworträtsel.

Vielleicht stöhnt sie gar nicht wegen ihres Gipsarms? Vielleicht stöhnt sie nur ganz automatisch, wie manche Menschen eben so im Laufe des Tages stöhnen?

Hm, wenn die so viel stöhnen, dann können die sich nicht sehr wohlfühlen in ihrem Leben. Aber wenn die sich nicht wohlfühlen, warum ändern sie dann nichts?

Ach. Da fällt mir natürlich wieder mein eigenes Leben ein. Was gerade so gut lief. Mit unserer Umwelt-AG in der Schule und mit den Fortschritten, die Gregory und ich wegen des Hühnergefängnisses auf der anderen Seite der Stadt gemacht haben. Gerade hatten wir dank meiner neuen Kamera supergute Fotos geschossen. Und wollten heute noch mal checken, dass auch alles nach Plan gehen kann am Freitag.

Denn genau an diesem Wochenende wird ein neuer Zaun gebaut, und deshalb werden die fiesen Kampfhunde, die sonst das Gelände bewachen, angekettet sein! Und das bedeutet: *kein* Zaun und *keine* Kampfhunde mehr zwischen uns und den armen Hühnern. Was für eine *Riesenchance!*

Aber stattdessen liege ich jetzt HIER! Einfach über den Haufen gefahren von so einem komplett beknackten Idioten, der nicht begreifen wollte, dass Schneematsch eben rutschig ist und man deshalb nicht mit Tempo 50 durch eine Stadt voller Fußgänger rasen kann! Jedenfalls nicht, wenn man vorhat, diese Leute am Leben zu lassen!

Na gut, leben tue ich ja noch. Und Riesenglück hatte ich auch, sagte der Arzt vorhin, dass ich nämlich lediglich mit ein paar Prellungen und einem Knöchelbruch davongekommen bin. Ich hätte auch tot sein können, so wie ich durch die Luft geflogen und erst viele Meter weiter wieder auf dem Asphalt aufgeknallt bin.

Und – Gott sei Dank! – hatte Gregory ebenfalls Riesenglück! Es geht ihm gut, sagte der Arzt. Obwohl sein verdrehtes Knie wohl wesentlich schmerzhafter ist als mein inzwischen dick eingegipster Knöchel. Der Ärmste! Ansonsten hat er noch einen Schlüsselbeinbruch, was offenbar ein kleiner Knochen oben an der Schulter ist, aber wenn er den Arm ruhig und in einer Schlinge hält, wird das schnell geheilt sein, meinte der Arzt.

Wie die Schwester mir sagte, liegt Gregory auf der gleichen Station nur wenige Zimmer weiter. Heute durfte ich noch nicht rüberhumpeln, aber morgen früh kann ich gleich zu ihm.

Bis morgen früh ist endlos. Was soll ich nur so lange machen? Hab ja nicht mal was Anständiges zu lesen hier. Ich hätte zu Hause noch einen Riesenordner mit Zeitungsartikeln, die ich mir ausgeschnitten habe, um sie irgendwann mal in Ruhe zu lesen. Jetzt hätte ich dafür in Massen Zeit. Aber nein, alles, was man hier kriegt, sind eine Scheibe Schwarzbrot und eine Scheibe Knäckebrot zum Abendessen (und das um fünf Uhr nachmittags!), zwei alte Ausgaben der *Annette* und gemalte Topfblumen an den Wänden. Danke. Da kann man ja nur trübsinnig werden.

In diesem Moment kommt die Schwester ins Zimmer. Die Frau neben mir und ich gucken sofort neugierig zu ihr rüber. Komme mir vor wie im Altersheim, wo jede Mahlzeit der aufregende Höhepunkt des Tages ist! Man ist hier echt froh über jede Unterbrechung der Langeweile! Dankbar, wenn die Schwestern bloß die Handtücher wechseln!

»Wir haben bei dir zu Hause bis jetzt leider immer noch niemanden erreichen können«, bedauert die Schwester mit professionellem Schwesternlächeln in meine Richtung, »wir versuchen es aber weiter.«

»Zum Abendessen sind meine Eltern bestimmt da«, versichere ich.

Vorher waren sie ohne Zweifel auch im Haus. Aber Iris saß vermutlich mit Ohrstöpseln in ihrem Arbeitszimmer, tief über ihren Laptop gebeugt, und hörte nichts außer

Meeresrauschen oder *Liebesjodlern* oder worüber sie auch immer gerade schreibt. Und Cornelius hämmerte sicher unten im Keller im Probenraum von Rainbow wild auf seinem Schlagzeug rum. Der würde nicht mal merken, wenn auch das restliche Haus über ihm zusammenkrachen würde. Was könnte ein kleines, zartes, dauerklingelndes Telefon da schon ausrichten?

Ach, warum kann ich nicht normale Eltern haben wie andere auch?

Na schön, es gibt natürlich auch welche, die haben es noch schlechter getroffen als ich. Der arme Gregory zum Beispiel. Denn eine Mutter, die ihr Kind mit einem monatlichen Vorrat von etwa hundert Ravioli-Dosen fast jeden Abend allein zu Hause sitzen lässt, um als Fernsehmoderatorin von dieser blöden Talkshow *Blau nach zehn* eifrig an ihrer Karriere zu basteln, die möchte wohl keiner geschenkt haben.

Ach, Gregory! Neulich haben wir mal wieder ein bisschen über seinen Vater gequatscht. Über den, der eben nicht vorhanden ist.

Gregory hat gesagt, dass es schon komisch ist, wenn man seinen Vater nicht nur nicht kennt, sondern noch nicht mal weiß, wer dieser Vater ist oder wo er lebt und auch noch nicht mal ein Bild von ihm gesehen hat. Sibylle Hahn, seine Mutter, behauptet nämlich, sie habe kein Foto von seinem Vater und hätte ihn sehr schnell wieder aus den Augen verloren.

Aus den Augen verloren! Wie kann man den Vater seines Sohnes aus den Augen verlieren! Hat ein Kind kein Recht darauf, zu wissen, wer sein Vater ist?

Gregory sagt, als er klein war, hat er sich immer vorgestellt, dass sein Vater eines Tages einfach bei ihm zu Hause klingeln und reinmarschieren würde und »Hallo, mein Großer!« sagen würde und dann ruckzuck einen Koffer mit Gregorys Sachen packen und ihn mitnehmen würde. Zack und weg.

Mann!, hab ich gedacht, wie allein muss sich Gregory als kleines Kind gefühlt haben, dass er solche Hoffnungsfantasien hatte! Der arme kleine Kerl!

Gregory hat darauf aber nur gegrinst und gemeint, dass ja zum Glück immer Walter Walbohm von nebenan für ihn da war. Und er hat weitererzählt, dass er sich an den langen Abenden bei Walter zusammen mit ihm immer ausgemalt hat, was sein Vater wohl von Beruf sein könnte, und wo er lebt, und natürlich wohin der Vater mit ihm – Gregory – gehen würde, nachdem er ihn endlich abgeholt hat.

Und natürlich war der Vater in diesen Träumen immer was ganz Tolles. Auf jeden Fall niemand Berühmtes wie seine schreckliche Fernsehmutter. Sondern zum Beispiel ein Pferdezüchter aus Amerika, mit dem Gregory dann jeden Tag wie ein Cowboy auf der Prärie reiten könnte. Oder ein Architekt aus einer kleinen Stadt in England, mit dem er ein eigenes Haus mit Riesenrutsche bauen würde, die aus dem zweiten Stock in einer Spirale in den Garten führte. Oder ein Segler, der ihn mit auf sein Boot nehmen würde und mit Gregory um die ganze Welt segelte. Was kleine Jungs sich halt so vorstellen.

Jetzt hat er diese Träume nicht mehr, sagt er. Jetzt ist er ja schon dreizehn und muss nur noch ein paar wenige Jahre zur Schule, und dann kann er sowieso hingehen, wohin er möchte. Allein. Da braucht er seinen Vater gar nicht mehr.

Sagt er.

Aber wie kann man jemals seinen Vater oder seine Mutter nicht mehr brauchen?

Ach Mensch … wenn ich nur daran denke, kriege ich sofort einen Knoten im Bauch und einen Kloß im Hals. Gregory tut mir sooo leid! Ich meine, so wie er das sagt, klingt das immer noch ziemlich einsam, finde ich. Oh, wieso kann man Mütter wie Sibylle Hahn nicht einfach verbieten!

Ich meine, es ist ja nicht so, dass Gregorys Vater tot ist oder von ihm nichts wissen will.

Obwohl das natürlich auch eine Möglichkeit sein könnte … Ja, vielleicht sagt Sibylle Hahn Gregory einfach deshalb nicht, wer sein Vater ist, weil sie ihm noch mehr Schmerz ersparen will?

Quatsch. Sibylle Hahn sieht nicht so aus, als würde sie sich über so was lange Gedanken machen. Ich glaube, die hatte wirklich null Interesse an Gregorys Vater und hat sich deswegen auch nicht die Mühe gemacht, den Kontakt zu ihm zu halten. Ganz offensichtlich brauchte sie ihn nicht. Dass Gregory aber vielleicht einen Vater gut gebrauchen könnte, daran hat sie nicht gedacht.

Ich bin nur richtig, richtig froh, dass wir neben Gregory eingezogen sind und er jetzt eine riesige Ersatzfamilie hat. Auch wenn ich ihm wünschen würde, dass wir alle etwas normaler wären.

Aber Gregory scheint das gar nicht zu stören. Ganz im Gegenteil, er betont immer wieder, wie toll er jeden Einzelnen unserer Familie findet. Sogar alle meine Schwestern. Und Cornelius und Iris. Eben alle. Auch Aurora. Na ja, die sowieso!

Ach, ich wünschte, ich könnte Gregorys Vater irgendwie mitteilen, dass er hier einen klasse Sohn hat, und dass er ein kompletter Idiot ist, wenn er nicht sofort herkommt und diesen Sohn endlich kennenlernt!

Ich meine, vielleicht weiß sein Vater ja noch nicht mal, dass es Gregory überhaupt gibt? Zuzutrauen wäre das Sibylle Hahn. Ich meine, dass sie Gregorys Vater gar nicht gesagt hat, dass sie ein Kind von ihm bekommt.

Aber wie soll man denn bloß einen Vater finden, wenn man noch nicht mal seinen Namen kennt?

Alles, was Gregory weiß, ist, dass sein Vater irgendwas mit England zu tun hat. Daher auch sein englischer Name.

Hm, deutet das dann vielleicht darauf hin, dass sein Vater *doch* weiß, dass es Gregory gibt? Dass er selbst vielleicht diesen englischen Namen vorgeschlagen hat? Aber warum besucht er Gregory dann nie?

Egal.

Nein, nicht egal, aber vermutlich werde ich dieses Problem auch nicht lösen können. Und hier schon gar nicht. SEUFZ! Ehrlich, in dieser öden, weiß gekalkten Langeweile *kann* man nach einiger Zeit gar nicht anders als seufzen!

Warum geht nicht irgendjemand aus meiner riesigen Familie endlich mal ans Telefon! Dann könnten sie mir wenigstens noch heute Abend was Vernünftiges zu lesen bringen!

Ach …

Aber das Schlimmste ist wirklich, dass wir die Riesenchance am Freitag nicht nutzen können! Unsere geplante, *weltweit größte* Hühnerbefreiungsaktion wird nun *nicht* stattfinden!!! Weil Gregory und ich die nächsten zwei Wochen arme kleine Humpelhäschen sein werden. Und eben NICHT Türen aufbrechen und hilfsbedürftige halb tote

Tiere aus ihrem Gefängnis retten und danach durch die halbe Stadt tragen können.

Wo wir doch alles schon so gut geplant und sogar mit Walter Walbohm abgesprochen hatten. Der hat sich nämlich bereit erklärt, die Hühner – so viele wir eben hätten tragen können – bei sich aufzunehmen. Hat er ja schließlich schon mal gemacht.

Ein paar Hühner hätten ja sogar schon gereicht, als Beweis, wie schlimm ihr Zustand ist. Wir hätten sie nämlich Zeitungen und Fernsehstationen zeigen können. Und dann hätte dieser fiese Tierquäler seine Hühnerfabrik zumachen müssen und alle Hühner wären sofort vom Tierschutzbund übernommen worden.

Ach, wir hatten alles schon total klasse geplant. Aber jetzt wird GAR NICHTS passieren. Riesenchance verpasst.

Und alles nur, weil so ein Wahnsinniger sein Auto im Schneematsch nicht unter Kontrolle halten konnte!

Wie ungerecht ist eigentlich die Welt?

Oh Mann, ich bin so was von enttäuscht von diesem saublöden Tag, dass ich die Zeit hier noch nicht mal wenigstens dazu nutzen kann, in Ruhe von Daniel zu träumen!

Aber, na gut, wo ich jetzt schon mal an ihn denke. Ach, Daniel …

Malea

Ich bin Weltbürgerin. (Das ist James Bond schließlich auch. Irgendwie. Na ja, vielleicht ist er auch nur Brite. Die Briten sind ja, glaube ich, keine Weltbürger.) Ich finde, als Weltbürger hat man die Pflicht, sich die Welt genau anzugucken und zu verstehen. Nicht nur die Strände und die restliche Landschaft, sondern auch das, was die Menschen auf der ganzen Welt so tun. Ich bin mir aber nicht sicher, ob Sich-im-Schlamm-Wälzen zu dieser Pflicht dazu gehört. Ich persönlich würde das jedenfalls gerne streichen.

Mann, was für ein Nachmittag! Ich dachte ehrlich, mein letztes Stündlein hat geschlagen, als Frau Meyer-Buchsbaum und Frau Dornkater mich zwangen, das Blatt mit den Fragen für die Arbeit morgen rauszurücken! (Und kein Hubschrauber mit Rettungsleine vor dem Fenster in Sicht!)

Und wie ungläubig die beiden geglotzt haben! Als ob nicht jeder irgendwann mal im Leben in Versuchung kommt, etwas zu tun, was vielleicht nicht *ganz* richtig ist!

Am liebsten hätte ich zu ihnen gesagt: *Ach, und finden Sie es vielleicht viel besser, sich mit verheirateten Vätern von unschuldigen Kindern im Matsch zu wälzen?* Aber ich bin natürlich zu höflich für so was.

Stattdessen habe ich mich ergeben und mich zu unserem neuen Direktor schleppen lassen! Was hätte ich auch sonst tun können?

Das muss man sich mal vorstellen! Seit drei Monaten hatten wir keinen richtigen Direktor mehr an unserer Schule, weil Frau Habermeister allmählich zu alt und klapprig für so einen Job wurde und die bis jetzt keinen anderen dafür finden konnten. Und ausgerechnet heute ist nun unser neuer Direktor den allerersten Tag in der Schule und – peng – schon stehe ich bei ihm auf der Matte. Erst morgen wird er sich in der ersten Stunde allen anderen Schülern in der Aula vorstellen, aber ich hatte die Ehre, ihn bereits heute Nachmittag kennenzulernen. Danke! Hätte er nicht auch einen Tag später kommen können?

Obwohl … vielleicht wäre dann alles noch schlimmer ausgegangen. Ich meine, so übel war der eigentlich gar nicht.

Na schön, er hätte natürlich auch sagen können: *Schwamm drüber, Malea, du bist ein nettes und kluges Mädchen, und es war wirklich schlau und mutig von dir, was du da gemacht hast!* Aber ich schätze, so was sagen Lehrer nie, wenn man gerade versucht hat, zu schummeln.

Er hätte auf der anderen Seite aber genauso gut sagen können: *Malea Martini! Du hast für den Rest deines Lebens eine Sechs in Geschichte! Und deine Kinder und Kindeskinder ebenfalls!* Denn so was in der Art hätte bestimmt die alte Frau Habermeister gesagt, die dumme Kuh. Aber das hat er auch nicht.

Dieser Herr Grünberg – so heißt er – hat mich einfach nur gefragt, warum ich das gemacht habe.

Was natürlich eigentlich eine echt dumme Frage war,

ich meine, was denkt der, warum man so was macht? Weil man so neugierig war, dass man einfach nicht bis morgen abwarten konnte, um die wundervollen Fragen unserer Geschichtsarbeit zu sehen?

Aber ich bin ja nicht doof. Ich hab mir einfach schnell vorgestellt, was den wohl sanfter stimmen würde, und hab ihm dann was davon erzählt, wie schwierig mein Leben in unserer Großfamilie ist und wie wenig Zeit man fürs Lernen hat und wie gern ich natürlich mehr gelernt hätte, aber…

An dieser Stelle hat er mich lehrersanft lächelnd unterbrochen und gesagt, er würde gerne mal zu mir nach Hause kommen und mit meinen Eltern über mehr Ruhe zum Lernen reden.

Ach du dicke Meermuschel!, dachte ich entsetzt und muss wohl auch so ausgesehen haben, denn Herr Grünberg lachte laut los und sagte, ich solle mir keine Sorgen machen, sondern lieber den Rest des Nachmittags dazu nutzen, für die Arbeit morgen ordentlich zu pauken.

»Wie denn?«, habe ich automatisch gefragt. »Ich hatte eben ja nicht mal Zeit genug, um die erste Frage richtig zu lesen!«

Da lachte Herr Grünberg noch lauter und ich guckte natürlich finster.

Ich finde es überhaupt nicht komisch, wenn Erwachsene über einen lachen. Außerdem lachen sie immer an den total falschen Stellen.

Jetzt wo ich daran denke, kicke ich böse ein Stück von dem bröckeligen Bordstein weg. Peng! Und gleich danach noch eins und noch eins. Peng, peng! Die waren für Frau Meyer-Buchsbaum und Frau Dornkater. Denn statt mir zur Strafe eine Sechs zu geben (was mir immerhin die Arbeit morgen erspart hätte), hat Herr Grünberg bestimmt, dass ich in den nächsten drei Monaten an einem Nachmittag pro Woche Schülern aus der fünften (totalen Babys also!) Nachhilfe in Geschichte geben muss. Ich meine, wie soll ICH denn jemandem Geschichte erklären?

»Na, indem du dir die Sachen, die ihr im letzten Jahr gelernt habt, alle noch mal durchliest. Danach kannst du sie wunderbar an jüngere Schüler weitergeben«, hat mir Herr Grünberg lächelnd versichert.

Ich habe mich gefühlt wie ein Piranha kurz vor der Blutschlacht. Klein, aber – oh – *sehr* böse!

Da hat Herr Grünberg schon wieder gelacht. Und mir ist jetzt meerwasserklar, dass ich ihn doch ziemlich übel finde.

Frau Meyer-Buchsbaum und Frau Dornkater sahen ebenfalls wenig erfreut aus.

»Ist das alles, womit Sie Malea Martini bestrafen werden?«, haben sie mit enttäuschter Knitterstirn gefragt.

»Ich denke, das ist mehr als genug«, hat Herr Grünberg geantwortet.

Und – oh du fiese Geheimdienstwelt! – das finde ich aber auch. Das muss man sich mal vorstellen, ich soll den gesamten Stoff vom letzten Jahr nachholen! ALLES!

»Das kann ja nicht allzu neu für dich sein«, hat Herr Grünberg gemeint.

Hat der eine Ahnung! Als ob ich im Unterricht auch nur einmal zugehört hätte! Wie gesagt, im letzten Jahr habe ich ja auch noch neben Miriam gesessen. Da war Geschichte nie ein Problem.

»Wäre es nicht eher üblich, ihr zumindest *für diese Arbeit* eine Sechs zu geben?«, hat Frau Meyer-Buchsbaum noch einmal sehr spitz nachgehakt.

Und – peng! – dafür kriegt sie gleich noch einen Stein aus dem Bordsteinrand rausgekickt!

Aber dann gucke ich mich lieber doch mal vorsichtig um. Es ist schon ziemlich dunkel, wird hoffentlich niemand sehen, dass ich unsere Bürgersteige ein wenig zerbrösele. Bei meinem Glück heute verurteilt mich die Polizei sonst glatt noch zu zwei Jahren Bürgersteigfegen!

Herr Grünberg hat aber nur abgewinkt und gemeint, dass nun alles bestens geregelt sei. Und – fasst man es! – hat mir dann noch alles Gute für die Arbeit morgen gewünscht.

Sehr komisch! Dieser Humor von Erwachsenen sollte echt verboten werden!

Doof, doof, doof! Alles total doof!

Peng, peng, peng!

Als ich in die Kastanienallee einbiege, sehe ich auch noch die doofe Sibylle Hahn aus unserem Haus rauskommen. Was will die denn bei uns?

Jetzt winkt sie mir auch noch fröhlich zu. Alte aufgedonnerte Schnepfe! Ich bin so piranhaböse, dass ich nur muffelig zurückgucke.

Das scheint die aber wenig zu stören.

»Hallo Malea!«, piepst sie mit ihrer Micky-Maus-Stimme. »Wie findest du das denn, dass deine Mutter jetzt berühmt wird? Ist das nicht schön?«

Sibylle Hahn findet fast alles *schön*. Scheint wörtermäßig echt wenig Auswahl in ihrem Hirn zu haben.

»Ach ja? Wird sie das?«, frage ich mal so höflich, wie ich kann.

Denn ich hab ehrlich gerade andere Sorgen! Und womit, bitte, sollte Iris auch berühmt werden?

Immer noch ziemlich mies gelaunt, stapfe ich ins Haus,

rupfe mir die schneenassen Stiefel von meinen kalten Füßen und schleudere sie zu dem Haufen anderer Schuhe unter der Treppe. Pech – oder typisch für diesen blöden Tag –, dass genau in diesem Moment Cornelius von unten aus seinem Bandraum die Treppe hochkommt und – ups! – einen meiner Stiefel an seinen Kopf kriegt.

»Was zum KREUZDONNERWETTER …!«, pöbelt Cornelius auch gleich los und taumelt eine Sekunde lang so, dass ich befürchte, er könne die Kellertreppe glatt wieder rückwärts runterstürzen.

Was ich natürlich nicht möchte. Ich meine, ich hab das ja nicht absichtlich gemacht! (Obwohl da eine kleine Stimme in mir sagt: *»Geschieht dir ganz recht, du mieser Schlammwälzer!«* Echt, wie kann ein Vater seiner Familie so was antun!)

»Was in DREITEUFELSNAMEN denkst du dir dabei, einfach so …!«

Zum Glück kommt gerade Rema die Treppe runter und unterbricht Cornelius. »Oh, hallo Cornelius! Ich hab dich heute noch gar nicht gesehen, wo warst du denn den ganzen Tag?«

Cornelius guckt Rema irritiert an, reibt sich seine Stirn und grunzt missmutig. »Was denkst du denn, wo ich war? Zu Hause natürlich. Was man von *dir* nicht behaupten kann!«

»Hihihi!«, macht Rema und tätschelt ihm die Wange, als sie an ihm vorbeigeht.

»Denk an deinen Blutdruck, mein Lieber!«, flötet sie ihm noch schnell zu.

Echt, seit Rema und Walter Walbohm Verliebte sind, stört Rema das Brüllen von Cornelius kaum noch. Ja, man hat sogar das Gefühl, sie bemerkt es nicht mal.

Das nimmt sogar Cornelius den Wind aus den Segeln und das Donnern aus der Kehle. (Danke, Rema!)

»Also – hrmmpfff – also, ähm, wie ich schon sagte, Malea...« Er rubbelt immer noch auf seiner Stirn rum, obwohl man da nicht das klitzekleinste bisschen Schuhabdruck sieht. Na gut, vielleicht ein minibisschen Schneematsch. Aber ehrlich, Schnee tut doch nicht weh! (Und gegen Matsch hat er sonst ja anscheinend auch nichts...!)

»Wie ich schon sagte, Malea... du... du...«, stammelt er weiter.

Ich versuche, so freundlich zu gucken, wie es mir möglich ist in meiner momentanen Stimmung und mit meinen eigenen Sorgen. Aber es ist immer besser, freundlich zu gucken, wenn jemand schrecklich wütet. (Und sowieso gilt für jede Lebenslage: siehe James-Bond-Regeln eins bis drei!)

»... du... du...«, versucht Cornelius immer noch mühsam, einen Satz zusammenzubringen. Was ihm nicht wirklich gut gelingt. Vielleicht verträgt sein Kopf nicht allzu viele Stiefelwürfe?

»Du – äh – räumst diesen ganzen Mist hier sofort auf!« Er schaut böse und vorwurfsvoll den Haufen Schuhe an, der da sowieso immer liegt und auf den ich meine Stiefel eigentlich nur zusätzlich hatte werfen wollen.

Ich will gerade ein empörtes *»WAAAAS? Wieso ICH?«* antworten, als mir meerwasserklar wird, dass es kein Nachteil ist, wenn Cornelius auf den Haufen Schuhe böse ist statt auf mich. Ich bin zu müde für einen Streit. Also gucke ich auch eben mal sehr zornig auf die Schuhe runter. Und nicke dann verständig. Ganz so als hätten Cornelius und ich den gleichen Feind.

Was Cornelius auch sofort friedlicher stimmt.

»ESSEN!«, hören wir in diesem Moment Iris' Stimme.

»Rette sich, wer kann!«, murmelt Cornelius, stapft aber brav und ergeben in Richtung Küche.

Ich finde das alles beinahe schon wieder komisch.

»Ihr bösen, bösen Schuhe!«, sage ich deshalb tadelnd zu dem wüsten Haufen vor mir und schwenke dabei drohend meinen Zeigefinger.

Leider hüpfen gerade da Kenny und Bonbon-Bentje die Treppe hinunter.

»Spinnst du jetzt, Malea?«, fragt Kenny bloß.

Und Bonbon-Bentje starrt mich im Vorbeigehen an, als hätte ich nicht mehr alle Fische im Aquarium.

Ich seufze abgrundtief. Ich glaube, heute ist wirklich nicht mein Tag.

Kenny

Dies hier ist einer meiner liebsten Nachtische: Möhren im Schokomantel (für 4 Personen)! Und so hat ihn Mama aufgeschrieben:

Man nehme vier hübsche Mohrrüben *und putze oder schäle sie und koche sie dann im Ganzen in kochendem Wasser etwa acht bis zehn Minuten. (Kommt auf die Größe der Möhre an.) Danach* zwei Packungen Zartbitterschokolade *in einem Topf auf kleiner Hitze schmelzen lassen. Auf keinen Fall zum Kochen bringen! Die Schokolade darf nur so warm sein, dass man sie noch problemlos anfassen kann. Wenn die Schokolade im Topf schön flüssig ist, wieder etwas abkühlen lassen, sodass die Masse dickflüssiger wird. Dann die gekochten Möhren hineinlegen und von allen Seiten in der Schokolade baden. Vorsichtig herausnehmen und auf einen Teller legen. (Vorsicht, es tropft!) Den Teller im Kühlschrank etwa eine halbe Stunde (gerne auch eine Stunde) kalt stellen, sodass sich die Schokolade um die Möhre herum wieder verhärten kann. Erst dann servieren. Guten Appetit!*

Ich glaube, Malea hat einen ihrer muffeligen Tage. Und ein bisschen spinnen tut sie auch. Jetzt redet sie schon mit unseren Schuhen!

Wahrscheinlich versucht sie gerade wieder, dieser komische Schäms Bond zu sein, und hat den halben Nachmittag irgendwelchen ahnungslosen Leuten hinterherspioniert. Das macht sie nämlich am liebsten. Warum sie dafür allerdings jetzt auch noch mit Schuhen quatschen muss, verstehe ich nicht.

Hm, Kartoffelauflauf! Mein Lieblingsgericht!

»Oh, toll, Mama!«, rufe ich begeistert, als Mama die riesige Auflaufform auf den Tisch stellt.

Mama guckt mich freudig an.

Tessa guckt nicht ganz so freudig. »Was hast du da drin versteckt?«

»Versteckt?«, fragt Mama und sieht ein bisschen getroffen aus. »In meinem Auflauf? Wie meinst du das?«

»Du versteckst immer irgendwas im Essen«, steht Papa jetzt Tessa bei. »Und meistens viel zu viel.«

Das findet Mama aber gar nicht gut. »Das tue ich überhaupt nicht! Wie kannst du so was behaupten!«

»Weil es wahr ist«, meint Papa.

Mama knallt den Löffel vor Papa hin. »Du brauchst ja nichts zu nehmen, wenn du nicht möchtest.«

»Als ob ich die Wahl hätte!«, entgegnet Papa grummelig.

Puh, das finde ich aber nicht nett von Papa!

Mama anscheinend auch nicht. Ihr eben noch so fröhliches Gesicht sieht erst finster und dann beinahe traurig aus.

»Du machst immer alles kaputt«, sagt sie. »Wo ich heute so gute Laune hatte!«

»Mrrrmpfff«, macht Papa, aber entschuldigen tut er sich nicht.

Mir tut Mama leid. Und außerdem wollen Bentje und ich jetzt endlich mal die tolle Überraschung sehen, die

Mama hat. Und wenn sie weiter so traurig aussieht, hat sie bestimmt keine Lust, uns davon zu erzählen.

»Kinder, Kinder!«, mahnt Rema und klopft Cornelius besänftigend auf die Hand. »Nun streitet doch nicht immer! Was ist bloß los mit euch?«

Ja, was ist eigentlich los mit Mama und Papa?

Bentje schielt vielsagend zu mir rüber.

Da muss ich an das denken, was Bentje heute Nachmittag über Mamas und Papas gesagt hat. Blöde Bentje! Denn ich will nicht, dass meine Mama und mein Papa sich nicht mehr lieb haben! Deshalb gucke ich nur ganz finster zurück.

Bentje zuckt mit den Schultern und guckt dann zu dem duftenden Auflauf rüber.

Endlich nimmt Rema die Sache in die Hand. (Rema mag nicht gerne auf Essen warten. Und das kann man ja wohl verstehen! Besonders wenn das Essen so lecker aussieht.)

»Also, wer möchte?«, fragt sie in die Runde und sticht mit dem großen Löffel ein großes Stück aus dem Auflauf.

Hm, schmatz, mit dicker Käsekruste und allem!

Und allem? Hups, da muss ich mal genauer gucken. Was steckt denn da in der Käsekruste drin?

»Nur ein paar Veilchenstängel und Paprikaschoten«, antwortet Mama, die wohl meinen Augen gefolgt ist.

»Kein Problem«, sage ich freundlich. Die Veilchen und Paprikaschoten kann man ja leicht rauspulen und an den Tellerrand befördern.

»VEILCHEN?«, fragt Tessa entsetzt.

»Ja«, sagt Mama stolz, »die geben ein tolles Aroma!«

»Interessant, meine Liebe«, lächelt Rema, »aber wo kriegst du um diese Jahreszeit Veilchen her?«

»Ein paar habe ich immer in der Tiefkühltruhe«, verrät Mama.

Möchte nicht wissen, was bei uns noch alles in der Tiefkühle lagert!

Bentje sieht da schon deutlich interessierter aus. Bentje findet überhaupt alles toll, was bei uns passiert.

»Ich sag's ja«, meint Papa, »Iris versteckt immer was im Essen.«

»Meine Mama tut nie Veilchen ins Essen«, sagt Bentje.

»Tja«, antwortet Mama, lächelt Bentje lieb an und tut so, als wäre Papa überhaupt nicht vorhanden, »deine Mama ist auch keine Schriftstellerin.«

»Schriftstellerin?«, wiederholt Papa und hustet, als hätte er sich gerade mittelschwer verschluckt. Dabei hat er noch keinen Happen gegessen. »Du schreibst Kochbücher, Iris, wenn ich dich erinnern darf. Das nennt man nicht unbedingt Schriftstellerei.«

Mama sieht aus, als würde sie Papa am liebsten ein bisschen Salz ins Gesicht streuen, aus dem Salzstreuer, der direkt vor ihr steht. Aber dann lächelt sie ihn sogar an. »Das stimmt. Ich schreibe Kochbücher. Aber ich schreibe außerdem ja auch noch Romane. *Richtig?* Und sogar ziemlich viele. *Richtig?* Und die bringen ziemlich viel Geld in die Haushaltskasse. *Richtig?*«

Papa scheint einigermaßen sprachlos zu sein und guckt verwundert wie ein Bär, der nicht genau weiß, wie er vom Wald in unsere Küche gekommen ist. Wie Papa eben.

Aber ich bin auch überrascht. Und die meisten anderen am Tisch sehen genauso erstaunt aus. Denn klar schreibt Mama Romane, das wissen wir alle. Wir alle in unserer Familie. Aber sonst weiß das doch keiner. Das ist doch das allergrößte, monsterwichtige, supergeheimste Geheimnis!

Und jetzt trötet Mama genau dieses allergrößte, monsterwichtige, supergeheimste Geheimnis laut heraus, obwohl Bentje und Walter Walbohm und auch noch Javier und Ramón hier mit am Tisch sitzen?

Ist irgendwas passiert? Habe ich irgendwas nicht mitgekriegt? Das wäre echt fies! Aber den Kleinsten wird ja immer am wenigsten gesagt. So ist das in Familien. Voll gemein!

Brummbär Papa guckt noch immer verdutzt.

Das scheint Mamas Laune wieder deutlich zu heben. Sie lächelt noch mehr. »Und? Möchte jetzt jemand von meinem Auflauf?«

Als alle Teller gefüllt sind und wir munter anfangen zu futtern, sieht Mama sogar noch besser gelaunt aus.

Gerade als sie ein besonders großes Stück Veilchenkäse auf ihre Gabel gestapelt hat, öffnet sie ihren Mund und beginnt zu reden. »Tja, also …« Mama lächelt immer noch. »Wie ihr vermutlich alle wisst, habe ich euch eine Überraschung mitzuteilen.«

»Jetzt kommt's!«, wispert Bentje in mein Ohr und zwickt mich aufgeregt in den Oberschenkel.

Doch statt uns endlich zu sagen, was nun die tolle Überraschung ist, guckt Mama sich am Tisch um.

»Hier fehlt doch jemand«, behauptet Mama.

Ich gucke mich auch um. Bei uns sind meistens so viele Leute am Tisch, dass man schwer merkt, ob jemand fehlt. Heute sitzen hier Tessa und ihre Spanier, Walter Walbohm, daneben Rema, dann Cornelius, daneben Muffel-Malea, dann Mama natürlich, und zwischen Mama und Tessa sitzen Bentje und ich.

»Livi!«, rufen Mama und ich gleichzeitig.

»Olivia!«, ruft Papa. »Ja, richtig, wo ist denn Olivia?«

Papa mag es, uns alle bei unseren richtigen Vornamen zu nennen.

»Und Gregory«, fügt Tessa hinzu. »Gregory fehlt auch.«

Und sogar ich kann mir vorstellen, dass das nur bedeuten kann, dass die beiden *zusammen* nicht da sind, da brauche ich gar nicht Maleas Schäms-Bond-Hirn.

»Aber die beiden haben doch extra gesagt, dass sie zum Abendessen hier sein werden«, erinnert sich Mama vorwurfsvoll.

»Jetzt sind sie aber *nicht* da«, bemerkt Papa.

Mama schaut Papa böse an, als wäre das nun wieder Papas Schuld. Also ehrlich, irgendwie sind die beiden überhaupt nicht mehr nett zueinander.

Und da macht es in meinem Magen ein bisschen scheußlich *pieks*, weil ich wieder an das denken muss, was Bentje gesagt hat.

Vielleicht hat Bentje recht? Vielleicht ist das mit der Liebe zwischen Mama und Papa zu Ende? Kann so was Schreckliches einfach so passieren?

Ich hab plötzlich gar keinen Hunger mehr. Obwohl der Auflauf echt lecker schmeckt. Also, ich meine, wenn man die Blumen und die ekligen Schoten rausgepickt hat.

Genau da kommt jemand in die Küche getrippelt, der auch gerne mal rumpickt.

»Aurora!«, ruft Bentje begeistert. »Aber *du* bist wenigstens da!«

Mama scheint das nicht sehr zu trösten. Sie seufzt.

»Nun gut«, fängt sie trotzdem an, »wenn Livi und Gregory nicht hier sein möchten, dann sind sie eben nicht hier. Ich werde meine Neuigkeit jetzt auf jeden Fall verkünden.«

»Oh, du machst es aber spannend«, lächelt Rema und

schiebt sich schnell noch einen dicken Bissen Auflauf in den Mund.

Ich glaube, Remilein verliert nie ihren Appetit.

Papa guckt ein bisschen unentschlossen. Aber neugierig ist er auch, das kann ich genau sehen. Er lässt Mama keine Sekunde aus den Augen.

Mama sieht plötzlich ziemlich aufgeregt aus.

»Also, Leute«, sagt Mama schnell, »was ich sagen möchte, ist: Es sieht so aus, als würde ich berühmt werden!«

Da ist es mucksmäuschenstill. Man hört kein Schmatzen und kein Tellerklappern mehr. Sogar Aurora hat aufgehört zu picken und reckt ihren langen Hals zuerst in die eine und dann in die andere Richtung zu uns rüber.

Dann räuspert sich Papa. »Wie – ähm – wie meinst du das, Liebling?«

LIEBLING! Er hat Mama Liebling genannt!

Aufgeregt zwicke ich Bentje jetzt auch mal kräftig ins Bein. Denn das ist ja wohl das Beste, was ich gehört habe heute Abend! Wen interessiert es da noch, ob Mama berühmt wird? Mit Mamas und Papas Liebe ist es auf jeden Fall NICHT zu Ende, hurra!

Mama lächelt jetzt auch in Papas Richtung.

»Ich meine«, sagt sie, »dass ich berühmt werde. Als Romanautorin.«

»Als Romanautorin«, wiederholt Rema und nickt. »So.« Aber sie guckt, als würde Mama Spanisch sprechen, wie manchmal Tessas Spanier, wovon Rema leider nie ein Wort versteht.

»Wie meinst du das, Liebling?«, fragt Papa noch mal.

Tessa und Malea starren Mama neugierig an.

Und Bentje lehnt sich mit großen begeisterten Augen

so weit zu Mama rüber, dass man Angst hat, sie könne gleich in den Auflauf fallen. Na gut, was bei uns am Tisch auch nichts besonders Außergewöhnliches wäre.

Ich wette, Bentje hat überhaupt nicht begriffen, dass die gute Nachricht war, dass Papa *Liebling* gesagt hat. Bentje hat's eben nicht so mit der Liebe, sie findet alles andere immer viel spannender.

(Ach, Sinan ...)

Für einen Moment träume ich. Aber nicht zu lang. Ich verpasse jedenfalls nicht Mamas nächsten Satz.

»Sandra Samson hat den Publikumspreis der *Funk und Flimmer* gewonnen!« Und dann schiebt sie noch einen weiteren Satz nach. »Und dieser Preis ist dotiert mit fünftausend Euro!« Und noch einen: »Und vorhin war Sibylle Hahn von nebenan hier und hat mich gefragt, ob ich diese Woche als aktueller Gast in ihre Freitagabend-Talkshow komme, wo ich doch jetzt den Preis gewonnen habe und sie zufällig auch noch neben mir wohnt.«

Und als immer noch keiner ein Wort sagt, stellt sie noch eine Frage: »Na, wie findet ihr das?«

Tessas Gesicht zeigt ungläubiges Staunen. »Wow, Iris, wow! Das ist ja irre! Können wir ... können wir auch mit in die Show?«

»Natürlich!«, strahlt Iris. »Wieso nicht! Ich möchte auf jeden Fall, dass ihr alle kommt und zuhört, wie ich berühmt werde.«

»Wird man berühmt, wenn man in diese Tockschooo geht?«, wispert Bentje leise zu Tessa rüber.

»Nein«, wispert Tessa zurück, »eigentlich sollte es genau andersrum sein. Man wird in die Talkshow eingeladen, wenn man schon berühmt geworden ist.«

»Oh!«, macht Bentje andächtig.

Aber ich glaube nicht, dass sie wirklich verstanden hat, wie das mit dem Berühmtwerden funktioniert.

Ich eigentlich auch nicht.

»Wer ist die *Funk und Flimmer*?«, frage ich. (Und was hat die mit meiner Mama zu tun?)

»Die *Funk und Flimmer* ist die auflagenstärkste Fernsehzeitschrift«, erklärt Mama. »Und manchmal werden dort Kurzfassungen von meinen Romanen abgedruckt. Was gut ist, weil die Leute, die das lesen, dann vielleicht danach auch das richtige Buch kaufen. Und einmal im Jahr können die Leser der Zeitschrift ihren Lieblingsschriftsteller wählen.«

»Ah!«, macht Bentje.

Aber ich glaube, sie hat immer noch nicht viel mehr verstanden.

Ich auch nicht.

»Und werrr ist *Sandrrra Samson*?«, fragt Javier.

»Das ist IRIS! Das ist ihr Pseudonym, unter dem sie schreibt!«, rufen Malea und Tessa wie aus einem Mund. Und es klingt richtig stolz.

»Das dürfen wir doch jetzt sagen, oder?«, fragt Tessa noch schnell.

»Das dürft ihr, das dürft ihr ab jetzt IMMER!«, lacht Mama.

»Fünftausend Euro!«, flüstert Walter Walbohm. »Meine Gratulation! Ich kann nicht glauben, dass ich bis heute überhaupt nicht wusste, dass du Schriftstellerin bist, Iris. Ich bin … ich bin überwältigt!«

Mama kriegt richtig rote Backen vor Stolz.

Und da bin ich plötzlich auch unheimlich stolz auf sie. Obwohl ich immer noch nicht ganz begriffen habe, wieso sie jetzt berühmt wird.

»Die haben dich zur besten Liebesromanautorin des Jahres gewählt?«, fragt Rema und springt auf und läuft zu Mama rüber und quetscht sie, sodass Mama aussieht wie weicher Zitronenkuchen, wenn man ihn mit den Fingern zusammendrückt. »Oh, das ist ja wunder-wunder-wundervoll, Iris! Ganz, ganz wundervoll!«

Und dann springen wir anderen ebenfalls auf und umarmen Mama. Auch Papa. Aber der umarmt sie nicht nur, sondern hält sie danach noch ganz, ganz fest.

»Ich gratuliere dir, Liebling«, höre ich ihn leise flüstern. »Ich bin sooo stolz auf dich!«

Und da! Sind das Tränen in Mamas Augen?

Ich weiß, dass die Großen manchmal weinen, wenn sie so glücklich sind, dass Lachen nicht mehr genug wäre. Schwer zu verstehen, aber – ehrlich – so ist das! Daher mache ich mir keine Sorgen. Ich gucke nur still und stumm den beiden zu, während alle anderen um mich herum jubeln.

Und während Mama so fest von Papa umarmt wird und ihr die Tränen nun sogar die Backen runterlaufen, da werde ich plötzlich auch ganz tief innen drin so doll glücklich, dass ich richtig schlucken muss.

Und das liegt nur zu einem winzig kleinen Teil an diesem Flimmer-Preis, den Mama bekommen hat.

Obwohl der natürlich auch echt voll gut ist!

»Oh, ist das mal wieder toll bei euch oder ist das toll?«, haucht Bentje neben mir und zwickt mich diesmal in den Arm.

Aber ich sage gar nichts. Ich atme nur tief und glücklich aus.

Ja, es ist toll bei uns. Richtig superklasse toll. Oh, ich hab meine Familie sooo lieb!

Kenny

Papa ist ein bellender Bär. Mama ist eine ganz, ganz hohe Giraffe, die manchmal ihren Kopf zu uns runterstreckt und uns mit leckeren (manchmal auch komischen) Blättern füttert. Rema ist eine liebe Sonnenblume. Walter Walbohm ist ein alter Jagdhund. Und Gregory ist ein hübscher Kater, der sich gern die Pfoten leckt. Hihihi!

Wie schade, dass Livi und Gregory nicht auch hier sind!«, meint Rema, als wir beinahe schon den Nachtisch verdrückt haben.

Vanilleeis mit heißem Apfelkompott und Schlagsahne und Schokoflocken! Und das alles ganz ohne Blumen oder Knotenzeug! Echt langweilig für Mama eigentlich, aber VOLL lecker für uns!

»Ich hatte heute so viel zu tun mit Telefonieren«, sagt Mama entschuldigend, »dass ich den Nachtisch ohne viel Fantasie und Mühe gemacht habe. Aber nächstes Mal …«

Rema winkt ab. »Du darfst dir nicht immer so viel Arbeit machen, meine Liebe, wirklich nicht! Du brauchst deine Kraft zum Schreiben!«

Tessa und Malea nicken heftig.

»Das stimmt, Iris, du machst dir meistens viel zu viel Mühe!«

»Ja, echt, jeden Tag so ein Nachtisch wie dieser hier reicht völlig!«

Sie schaufeln beide bereits die dritte Schüssel in sich rein.

Alle am Tisch stimmen eilig zu.

»Ach, ihr seid lieb«, meint Mama gerührt und sieht schon wieder bedenklich nach Heulen aus.

»Wirklich, Schatz«, beeilt sich sogar Papa zu sagen, »dieser Nachtisch ist wunderbar. Man merkt überhaupt nicht, dass irgendwas fehlt.«

Bentje und ich kichern leise. Also das, was auf jeden Fall nicht fehlt, sind Blumen oder irgendwas Verknotetes.

»Aber ich war so durcheinander von all den Neuigkeiten, ich habe die Äpfel nicht mal richtig gewürzt«, versucht Mama einzuwenden. »Nur ein wenig Zucker und Zimt, dabei hätte ich doch wenigstens …«

Obwohl alle den Mund so voll haben, wie es nur geht, mähen wir Mama sofort nieder.

»Deine Schältechnik ist so gut, da braucht es gar kein zusätzliches Würzen mehr«, schmatzt Rema eilig. »Zucker und Zimt genügen *völlig*!«

»Ach, wirklich?« Mama sieht etwas verblüfft und nicht wirklich überzeugt aus, dann lächelt sie aber zum Glück. »Na, prima. Ich wünschte nur ebenfalls, Gregory und Livi wären hier.«

»Ich fahre jedenfalls nicht rüber zur Hühnerfabrik und suche sie da im Dunkeln«, meint Papa mit den Backen voller Vanilleeis. »Matte, Kunzi und die anderen kommen gleich.«

»Ihr habt heute Abend noch Rainbow-Probe?«, fragt Malea.

Papa nickt. »Warum? Hättest du meinen väterlichen Rat bei irgendetwas gebraucht? Hahaha!«

Alle am Tisch lachen, am meisten Papa. Nur Malea verzieht keine Miene. Doch! Sie verzieht ihre Mundwinkel tief nach unten. Was die Großen so lustig finden, verstehe ich zwar auch nicht. Aber so zitronensauer wie Malea muss man deshalb nicht gleich schauen. Meine Güte, hat die einen Muffeltag!

Zwischen all dem Löffelklappern und fröhlichen Schnattern und Lachen höre ich draußen im Flur das Telefon klingeln.

»Papa! Das Telefon!«

»Cornelius«, sagt Papa automatisch ohne Unterbrechung des Kauens, »ich heiße Cornelius!«

»Das weiß ich doch, Papa«, sage ich nachsichtig.

Dass Papa das nicht begreifen kann! Ich bin doch nicht doof! Ich weiß doch, wie mein Papa heißt! Er heißt Cornelius Claudio Martini!

»Du, Papa, da draußen bimmelt wirklich das Telefon! Soll ich rangehen?«, biete ich freundlich an.

Papa schiebt sich schnell noch einen fetten Löffel Apfelmus und Sahne rein. »Corneliuf! Ipf heipfe Corneliuf!«

Ich lächele ihn immer noch an. Mit Großen wie meinem Papa muss man viel Geduld haben. Und freundlich bleiben. Dann hört er irgendwann auch auf, zu bellen oder zu brüllen oder zu wiederholen, wie er heißt. Man muss mit dem Freundlichsein nur lange genug durchhalten.

»Cornelius, das Telefon!« Mama hat es nun auch gehört. Und weil Papa am nächsten dran sitzt, findet sie wohl, genauso wie ich, dass er mal rangehen könnte. »Gehst du kurz?«

»Immer ipff!«, beschwert sich Papa, steht aber brav auf, wischt sich den Mund ab und geht in den Flur.

»MARTINI?«, hören wir Papas tiefe Stimme aus dem Flur in den Hörer bellen.

Alle am Tisch schnattern fröhlich weiter, aber ich lausche mal ein bisschen nach draußen, wer das wohl ist.

»Meine Tochter hatte WAAAS?«

Das war so laut, dass wir es alle problemlos verstehen konnten.

Malea richtet sich ruckartig auf und sieht ein bisschen alarmiert auf. Und – huch – wird sie da gerade rot? Sie sieht ziemlich unglücklich aus, als sie nun genau wie ich ihren Kopf Richtung Flur reckt.

Das Nächste, was Papa sagt, verstehen wir allerdings nicht.

Dafür hören wir etwa zwei Sekunden später ein lautes, fettes Plumpsen im Flur. Und kein weiteres Wort mehr von Papa.

»CORNELIUS?«

Und dann noch ein Rumms! Denn Mama springt so schnell auf, dass hinter ihr der Stuhl umfällt.

»Cornelius, Cornelius!« Mama quiekt im Flur wie eine Maus in höchster Not.

Da stürzen auch wir anderen vom Tisch und raus aus der Küche.

Und du meine Güte, dort liegt schon wieder Papa rücklings auf dem Dielenteppich, wie damals, als das Dach eingekracht ist. Arme und Beine weit von sich gestreckt, die Augen geschlossen!

(Ich möchte mal wissen, ob andere Kinder ihre Papas auch so oft auf der Erde liegen sehen.)

»Himmel hilf!«, stöhnt Rema und versucht, sich auf die

Knie runterzulassen und sich über Papa zu beugen. »Er lebt doch noch?«

»Papa!«, rufe ich in sein Ohr. »Hast du schon wieder Gehirnverschüttung? Vom Telefonieren?«

»Geh mal zur Seite, Kennylein!«, bittet Tessa und schiebt mich sanft an die Wand. Dabei will ich doch auch ein bisschen an Papas Armen und Beinen rütteln wie die anderen jetzt!

Doch außer einem tiefen Seufzer, der genauso klingt, als wäre Papa im Tiefschlaf, kriegen wir nichts aus ihm raus. Seine Augen bleiben geschlossen.

»Er ist in Ohnmacht gefallen«, stellt Mama messerscharf fest.

Das finde ich aber voll blöd. Und – ehrlich – ich finde außerdem, Papa fällt ziemlich oft in Ohnmacht!

»PAPA!«, rufe ich ungeduldig. »PAPAAA!«

Wir hören ein weiteres sehr, sehr tiefes Seufzen. Und dann … dann öffnen sich plötzlich seine Lippen.

»Cornelius!«, sagt Papas Mund, zwar etwas leise, aber doch sehr deutlich. »Ich heiße Cornelius!«

Und schließlich fangen auch seine Augen an zu klimpern.

Ich lächele. Wie schön, dass Papa wieder bei uns ist!

»Hier, der Hörer!«, bemerkt Walter Walbohm und hebt das Teil vom Boden auf. »Da ist vielleicht noch jemand in der Leitung.«

Mama greift etwas blass zum Telefon. »Hallo? Ist da noch jemand? – Ja, hier ist Iris Martini. – WER ist da bitte? – Das *Krankenhaus*?«

Sie schaut zu dem regungslosen Papa runter.

Papa schaut zwar nun auch zu Mama hoch, bewegt sich aber immer noch nicht. Nicht mal den klitzekleinsten Finger. Er liegt nur immer weiter auf der Erde rum. Dass dem das nicht zu kalt ist!

»Ja – ja – in Ordnung – ja, natürlich …«, sagt Mama ins Telefon, »ich verstehe … Oh Gott! – Ja – Natürlich! Sofort! Ich bin in zehn Minuten da!«

Sie legt den Hörer auf und dreht sich mit sehr merkwürdigem Gesicht zu uns um.

»Livi und Gregory hatten einen Unfall!« Sie atmet etwas hektisch. »Aber sie haben anscheinend Riesenglück gehabt. Es geht ihnen gut.« Dann versucht sie zu lächeln. »Sie dürfen morgen Nachmittag vielleicht schon wieder nach Hause.«

Sie vergräbt ihren Kopf an Remas Schulter. »Oh, Mutter! Was passiert bloß immer alles bei uns!«

Genau das Gleiche denkt Bentje in diesem Moment garantiert auch. Sie steht etwas abseits in der Küchentür und saugt mit ihren Augen gierig alles auf, was sie hier zu sehen kriegt. Sie sieht so glücklich aus wie sonst nur an ihrem Geburtstag. Kein Zweifel, ein Tag bei uns zu Hause ist tausendmal besser als jede von Bentjes langweiligen Serien im Fernsehen!

»Hilft mir vielleicht mal jemand auf?«, kommt Papas Stimme von irgendwo tief unter Mama und Rema und Tessa und Malea und allen, die sich gerade gegenseitig umarmen.

»Klar, Papa, klar!«, sage ich freundlich, krabbele durch Mamas und Remas und Tessas und Maleas Beinen hindurch zu ihm und ziehe, so fest ich kann, an Papas rechtem Fuß.

Schließlich muss ich Papa ja erst mal aus dem Wirrwarr von Menschen über ihm herauskriegen.

»Geht jetzt los, Papa!«, brülle ich ihm beim Ziehen

freundlich ins Gesicht. Schließlich muss ich ja das Durcheinander von Stimmen über uns übertönen. »Ich rette dich!«

»Cornelius!«, ruft Papa. »Ich heiße Cornelius! Und… AU-AAAA!«

Malea

Hätte gestern gut einen Vater oder eine Mutter gebrauchen können. Aber selbst wenn sie nicht beide den ganzen Abend bei Livi im Krankenhaus verbracht hätten – während Rainbow trotzdem im Keller geprobt haben, mit Kenny am Schlagzeug –, selbst dann wäre Iris zu beschäftigt gewesen mit ihrem Preis und Cornelius zu beschäftigt mit seiner Bandprobe. Echt, meistens finde ich meine Eltern total wunderbar, aber es ist meerwasserklar, dass man nicht immer auf sie zählen kann. (Hat James Bond eigentlich Eltern?) Seufz.

Aber dass ich eine Mutter und einen Vater habe, auf die man in der Not nicht zählen kann, und auch, dass ich vermutlich eine Sechs im Zeugnis kriegen werde, ist ja beinahe mein kleinstes Problem. Das größte Problem ist doch, dass ich etwas gesehen und gehört habe, was ich wohl besser NICHT gesehen und gehört hätte! Oh, und da kann einem wirklich zum Heulen zumute werden!

Ich konnte gestern Abend überhaupt nicht einschlafen. Das muss man sich mal überlegen. Da denke ich, es ist das Ende der Welt, weil ich im Lehrerzimmer beim Schummeln erwischt werde – und zur gleichen Zeit wird meine Schwester von einem Auto überfahren und hätte auch genauso gut tot sein können!

Mann, hab ich einen Schreck gekriegt, als das Telefon klingelte und Cornelius so entsetzt »Meine Tochter hat WAAAS?« in den Hörer brüllte, weil ich dachte, das wäre dieser Herr Grünberg, der mich sofort bei meinen Eltern verpetzt. Und dann war es was tausendmal Schlimmeres!

Aber zum Glück geht es Livi und Gregory ja gut. Das ist erstmal das Wichtigste.

Was bedeutet da schon eine Sechs im Zeugnis?

Na gut… aber mit einer Sechs werde ich nicht versetzt. Und Livi und Gregory leben ja noch und dürfen heute Nachmittag sogar schon wieder nach Hause kommen. Meine Sechs aber…

Ach.

Gestern Abend beim Essen habe ich Iris und Cornelius messerscharf beobachtet. Na ja, so gut man eben beobachten kann, wenn einen die eigenen Sorgen gerade schwer drücken. Aber was ich gesehen habe, macht mir nicht allzu viel Mut.

Seit Wochen streiten Iris und Cornelius nur noch. Laut, lauter, am lautesten. Und jeder kann sehen, wie böse und gereizt Iris Cornelius gegenüber ist. Und meerwasserklar, sehr freundlich ist Cornelius wirklich nicht zu Iris.

Bisher aber dachte ich, dass die beiden sich eben einfach nicht mehr vertragen, so wie sich andere Leute ja manchmal auch plötzlich nicht mehr vertragen. (Ich habe mich sogar schon mal mit Miriam für drei Monate verkracht und wir haben kein Wort mehr miteinander geredet.) Jetzt aber denke ich… dass es um etwas ganz anderes geht.

Und was das ist, das habe ich gestern Nachmittag ja im Lehrerzimmer brühwarm mitbekommen. Schlammwälzen! E-k-e-lig!

Mir wird noch jetzt ganz übel, wie sonst nur bei Muscheln oder Tintenfischringen, wenn ich bloß daran denke!

Vielleicht ist Iris deshalb so sauer und gereizt, weil sie schon *vermutet*, was ich mit eigenen Ohren tatsächlich *gehört* habe? Oder vielleicht WEISS Iris auch schon von Cornelius' ... äh-bäh ... wie nennt man so was eigentlich? Seitensprung? Techtelmechtel? Haben VÄTER Techtelmechtel mit anderen Frauen? Sollte das nicht verboten sein?

Arme Iris!

Ich meine, wenn sie wirklich weiß, was Cornelius so alles bei seinen Bandauftritten treibt, dann ist es wohl meerwasserklar, dass sie gereizt ist. Ich wäre nicht nur gereizt, ich würde ihm jeden Abend beim Abendessen sein Glas Bier höchstpersönlich ins Gesicht kippen!

Oh, wie kann Cornelius nur so fies sein?

Ehrlich, ich habe meinen Vater ganz schrecklich doll lieb, aber wie kann er bloß ...?

Allerdings – Moment mal! Vielleicht war es ja auch andersrum? Vielleicht hat Iris etwas ganz Schreckliches gemacht und Cornelius hat sich mit der Schlammtante bloß rächen wollen?

Oh, mir wird ganz schwindelig. Wieso bin nur immer ich diejenige, die Dinge erfährt, von denen andere nicht mal was ahnen würden? Was soll ich denn jetzt bloß machen?

Tessa guckt mich schon die ganze Zeit böse an, weil ich auf dem Schulweg so trödele. Aber wer hätte wohl Lust, in die Schule zu gehen, wenn er wüsste, dass eine Arbeit auf ihn wartet, deren Fragen man nicht beantworten kann und die man in ein paar Tagen mit einer dicken roten Sechs zurückkriegen wird?

Von meinen Sorgen, was unsere Eltern angeht, will ich überhaupt nicht reden!

Aber die Erfahrung hat gezeigt, dass Abwarten manchmal gar keine schlechte Idee ist. Besonders wenn man nicht hundertprozentig sicher sein kann, wie rum die Dinge gelaufen sind, also wer im Falle von Iris und Cornelius der Böse ist.

Ach, ich wünschte so, so sehr, dass keiner meiner Eltern ein Böser ist! Aber das scheint in dieser Schlammsache wohl kaum möglich zu sein …

»Malea!« Tessa fummelt an ihren Klunkerwimpern rum, von denen anscheinend ein paar zusammengeklunkert sind, und bleibt ungeduldig stehen, bis ich sie erreicht habe. »Wenn du in diesem Schneckentempo weiterlatschst, kommen wir genau richtig zur Mittagspause!«

Oh, super! Dann hätte ich immerhin die Geschichtsarbeit verpasst!

»Komme ja schon.«

»Was ist los mit dir?«, fragt Tessa. »Du warst schon gestern Abend so komisch. Hast du irgendwas?«

»Hrmpfff«, mache ich mal unverbindlich. Aber einen kleinen hoffnungsschimmernden Blick werfe ich ihr dann doch zu.

Meine größte Schwester ist nun wirklich nicht die Allerfürsorglichste – das ist bei uns Livi, aber die ist ja nicht da –, doch blöd ist sie nicht. Und wenn eine von uns Erfahrung mit schlechten Noten hat, dann ist das Tessa. Vielleicht sollte ich ihr …?

»Huhuuu, Heeenryyy!« Tessa läuft quer über die Straße und winkt, als wäre Henry der Star ihres Herzens.

Ist er das vielleicht sogar? Weiß Javier das??

Apropos: Die Spanier und Walter Walbohm haben gestern Abend noch stundenlang an unserem Dach rumgeklopft und gehämmert und genagelt, bis die weiter entfernten Nachbarn sich beschwert haben.

Die Leute in unserer Straße können ja nicht wissen, dass Walter und Javier und Ramón ihr Bestes versuchen, die wenige Zeit, die Cornelius mal nicht im Haus ist, zu nutzen. Ob das nun tagsüber ist oder eben abends.

»Oh, ihr habt ja schon eine Menge geschafft!«, hat Cornelius gestaunt, als er mit Iris vom Krankenhaus nach Hause kam. Und dann etwas enttäuscht hinzugefügt: »Ohne mich.«

»Ja, das Schicksal kann man leider nicht planen«, hat Walter Walbohm bedauernd gesagt. »Aber Hauptsache, Livi und Gregory geht es gut, nicht?«

Und dem konnte Cornelius natürlich nicht widersprechen.

Dass Walter, Rema und die Spanier und auch Iris das Schicksal sehr wohl versuchen zu planen, davon ahnt Cornelius natürlich nichts. Sie wollen nämlich unbedingt verhindern, dass das alte Dach noch mal einstürzt. Und irgendwie scheinen bei uns alle zu glauben, dass Cornelius' Tatendrang da möglicherweise in die falsche Richtung wirken könnte.

Tessa und Henry quatschen angeregt, als hätten sie sich Jahre nicht gesehen. Ich beobachte die beiden mit zusammengekniffenen Augen.

»Komm rüber, Malea!«, winkt Henry jetzt fröhlich. »Und setz deinen Spioninnenblick ab!«

Spioninnenblick! Haha!

Eigentlich ist Henry nett, aber mir ist heute nicht nach lächeln, also lächele ich nicht.

»Ist was?«, fragt nun auch Henry, als ich neben ihm und Tessa stehe.

»Der sind ein Rudel Läuse über die Leber gelaufen«, meint Tessa in ihrer typisch *liebevoll* schwesterlichen Art.

Danke! Und eben gerade dachte ich noch, dass sie mir vielleicht sogar helfen könnte!

»Nee«, sage ich, »nur ein Rudel Lehrer, die mir eine Sechs ins Zeugnis hauen wollen.«

Und in diesem Moment tue ich mir so leid, dass ich blöderweise fast anfange zu heulen. (Ob James Bond wohl jemals heult? Heimlich vielleicht?)

Das stimmt sogar Tessa weicher. »Malea! Süße!« Sie nimmt mich in den Arm und drückt mich.

Und da erzähle ich die ganze Geschichte.

»Du musstest gestern noch zu diesem Herrn Grünberg gehen?«, fragt Tessa, als ich zu Ende erzählt habe. Sie lacht. »Deshalb hat er mich also gefragt, ob ich noch Schwestern in der Schule hätte.«

Ich verstehe nur Meertang.

Und nun erzählt Tessa von ihrem Hühnernachmittag auf dem Marktplatz.

»Ich finde den eigentlich echt nett, diesen Gerold Grünberg«, meint Tessa. »Und er war sehr beeindruckt von meinem Engagement!«

»Von deinem *was*?«, fragen Henry und ich wie aus einem Mund.

Ich, weil ich das Wort nicht kapiere. Und Henry wohl, weil Tessa ganz bestimmt nichts hat, was Lehrer im Allgemeinen beeindrucken würde. Glaube ich jedenfalls.

Tessa guckt auch sofort beleidigt. »Ihr könnt denken, was ihr wollt, aber ich habe mir diese Flugblätter von Livi und Gregory gestern Abend noch mal genau durchgelesen, und das, was da mit diesen armen Hühnern hier bei uns in der Stadt noch gemacht wird – obwohl es gegen das Gesetz ist! –, das ist echt der Hammer!«

Puh, Tessa regt sich ja richtig auf!

»Und… und…« Sie wird immer lauter. »Und das ist wirklich eine Schande! Dagegen muss man was tun!«

Henry lächelt sanft. »Meinst du damit, dass DU etwas dagegen tun willst?«

»Hm«, macht Tessa nun wieder sehr viel leiser, »na ja, darum geht es ja nicht. Das tun ja zum Glück schon Livi und Gregory.« Sie wird wieder lauter. »Aber ich finde das total richtig!«

»Gut«, meint Henry, »ich auch.«

In diesem Moment hören wir vom Ende der Straße her die Schulglocke zur ersten Stunde bimmeln. Ich fühle mich wie ein Huhn auf der Schlachtbank.

Tessa fasst mich an der Hand. »In welcher Stunde schreibst du?«

»In der zweiten«, hauche ich.

»Gib mir dein Geschichtsbuch«, verlangt Tessa, »und verlass dich auf mich!«

Ich muss wohl aussehen wie ein verwirrter Goldfisch im Freibad, denn Tessa und Henry lachen beide über mein verdutztes Gesicht.

»Malea!«, sagt Tessa jetzt wirklich sehr schwesterlich warm und gibt mir einen Kuss. »Mausi! Dodo und ich, wir haben eine Menge drauf! Mach dir keinerlei Sorgen mehr über deine Arbeit!«

Eine Menge drauf?

Das glaub ich gerne. Aber ob *das* bei einer Geschichtsarbeit hilft?

Tessa

Als große Schwester hat man Verantwortung. Das ist natürlich eine ziemliche Last, aber das kann man sich ja nicht aussuchen. Man kann nur versuchen, dabei so gut wie möglich auszusehen. Denn als große Schwester hat man ja sozusagen eine Vorbildfunktion in mehrerlei Hinsicht. Man darf sich keine Blöße geben und sollte kleinen Schwestern immer einen Ausweg zeigen. Schließlich hat man ja nicht umsonst jede Menge Erfahrungsvorsprung in Sachen Cremes, Mascara, Jungs und, äh, leider auch in Sachen Schule und weniger berühmten Noten … Und was man den Kleinen auf jeden Fall fest in Herz und Hirn pflanzen sollte, ist: niemals zu früh aufgeben. Denn aufgeben gilt mal gar nicht!

Das Gesicht von der armen kleinen Malea-Maus, als Dodo und ich heute in der zweiten Stunde auf einer Leiter vor ihrem Klassenzimmerfenster auftauchten! Hahahaha! Zu blöd, dass ich keine Kamera dabeihatte!

Dodo hat ein paar Aufnahmen mit ihrem Handy gemacht, aber darauf kann man leider kaum was sehen, weil die blöde Glasscheibe so spiegelte.

Zuerst sah uns Malea aber überhaupt nicht. Nur die blöde Heinzig glotzte dauernd nach draußen.

Am liebsten hätte ich geschrien: »Hey, Frau Heinzig! Sie haben Ihre Klasse zu beaufsichtigen und nicht die neueste Winterkollektion zu bestaunen, die vor dem Fenster rumturnt!«

Zugegeben, Dodo und ich hatten heute ganz entzückende Wollminis mit bunten Wollstrümpfen und hohen braunen Wildlederstiefeln an.

Aber das konnte ich natürlich schlecht schreien, sonst hätte die arme Malea ja mit Sicherheit ihre Sechs bekommen. Und wir vermutlich reichlich Ärger. Und ob der nette Gerold Grünberg mich dann noch so vorbildlich engagiert gefunden hätte, wäre ebenfalls fraglich gewesen. Also duckten Dodo und ich uns jedes Mal blitzschnell unter das Fenstersims, wenn wir sahen, dass der Kopf von Frau Heinzig sich in unsere Richtung bewegte.

Mir war gar nicht klar, wie sportlich ich bin! Es gehört nämlich einiges dazu, sich, auf einer Leiter stehend, blitzschnell zu ducken, ohne dabei runterzufallen. Dodo auf der zweiten Leiter neben mir traute sich beinahe überhaupt nicht mehr aufzutauchen.

Der Erste, der uns endlich bemerkte, war zum Glück dieser kleine, süße Lasse, mit dem Malea dauernd in den Pausen abhängt. Wäre es ein anderer gewesen, hätte er uns vermutlich verpfiffen. Lasse aber warf nur gekonnt seinen Radiergummi an Maleas Kopf und deutete, als sie böse zu ihm rüberguckte, aufgeregt nach draußen – wo wir grinsend und winkend standen und unsere Nasen zu lustigen Grimassen an der Scheibe platt drückten.

Da wäre Malea – im Gegensatz zu uns – um ein Haar vom Stuhl gekippt! Dabei ist sie doch vom Rest unserer Familie einiges gewohnt! Sollte man jedenfalls denken. Stattdessen aber hat sie geglotzt wie ein verhuschter Kuschelhase im Raubtierkäfig. Und da tat sie mir natürlich sofort wieder leid, und ich erinnerte mich daran, warum wir hier waren.

Ich deutete ihr wie wild an, dass sie das Arbeitsblatt vor der Scheibe hochhalten sollte, sodass Dodo und ich die Fragen lesen konnten. Glücklicherweise sitzt Malea in jeder Stunde am liebsten am Fenster. (Und glücklicherweise heute allein – Aua, die alte Dumpfbacke, hat wohl gleich vorab aufgegeben und macht zu Hause auf krank …)

Endlich kapierte Malea. Und dann stellte sie sich gar nicht so ungeschickt an, muss ich sagen.

Sie wartete auf einen günstigen Augenblick, als Frau Heinzig gerade mal wieder eine Runde durch den Raubtierkäfig machte und Malea den Rücken zuwandte, und hielt uns das Papier ruhig und deutlich vor die platten Nasen. Dodo und ich hatten abgesprochen, dass Dodo sich die ersten drei Fragen und ich mir die nächsten drei Fragen merken sollte. (Ich glaube kaum, dass sich irgendjemand auf der Welt mehr als drei Fragen am Stück merken kann, oder?)

Als Dodo nickte und ich mir meine drei Fragen zur Sicherheit auch zwei- bis siebenmal durchgelesen hatte, zeigte ich Malea meine Hand mit fünf ausgestreckten Fingern, was heißen sollte »Gib uns fünf Minuten!«, und was Malea dank ihres Spioninnenfimmels auch sofort kapierte.

Ich sag's ja immer, gutes Training ist das halbe Leben! (Die andere Hälfte machen natürlich angeborene Schönheit und Genialität aus!)

Malea nickte, legte das fast komplett leere Blatt wieder auf ihren Platz, seufzte so tief, dass Dodo und ich es sogar draußen hören konnten, und tat dann so, als brüte sie über den Antworten.

Alle anderen im Raum waren derartig beschäftigt gewesen mit Schreiben – diese kleinen Streber! –, dass sie nichts bemerkt hatten. Nur Lasse warf uns einen sehnsüchtigen Blick zu. Er hätte wohl auch gern eine so talentierte große Schwester gehabt, der arme Kerl! Ja, Malea hat schon richtig Glück!

Dodo und ich turnten behände die Leitern wieder herunter und in die nächste Schülertoilette hinein, setzten uns auf die Klodeckel, schlugen Maleas Geschichtsbuch auf und blätterten eifrig.

Wie kam Karl der Große auf den Thron?

»Hier!« Dodo deutete auf eine Stelle im Buch. »Pippin der Kurze teilte sein Reich bei seinem Tod 771 zu gleichen Teilen unter seinen beiden Söhnen Karl – später Karl der Große – und Karlmann auf.«

»Hä? Wieso haben die beiden Söhne denn fast die gleichen Namen?«, stellte ich erstaunt fest.

»Das ist doch nicht die Frage!«, wies mich die praktisch denkende Dodo zurecht. »Keine überflüssigen Überlegungen jetzt! Wir haben nicht viel Zeit, denk an Malea!«

Wo sie recht hat, hat sie recht. Was ging uns außerdem der begrenzte Geschmack für Jungennamen irgendeines Mittelaltertyps an?

Also arbeiteten wir uns weiter im Rekordtempo durch die Fragen von Maleas Geschichtsarbeit und schrieben die Antworten fein säuberlich in großen, leicht lesbaren Buchstaben auf DIN-A4-Zettel in Stichworten auf, sodass Malea nur noch die Sätze selber formulieren musste. Das würde sie ja wohl schaffen.

»Genial!«, meinte Dodo, als wir endlich fertig waren,

und schaute stolz auf unseren Stapel DIN-A4-Blätter. »Das ist beinahe so, wie die das im Fernsehen machen, wenn die mit den Riesenzetteln vor den Moderatoren rumlaufen, damit die wissen, was sie sagen sollen, aber der Zuschauer vorm Bildschirm davon nichts ahnt.«

Ich nickte. Ja, total professionell eben. Was Dodo und ich machen, das machen wir richtig!

Was mich wieder an morgen erinnerte, wo wir mit Iris zusammen ENDLICH mal zu einer richtigen Fernsehshow gehen dürfen! Oh, ich hatte noch gar keine Zeit, richtig zu überlegen, was ich da anziehen soll!

Leider war dafür jetzt auch keine Zeit.

Wir rasten aus dem Klo, raus auf den Hof, vergewisserten uns schnell, dass weiterhin niemand draußen war und uns etwa sehen konnte, und kletterten mit eleganten kleinen Trippelschritten die Leitern wieder hoch.

Vorsichtig lugten wir ins Klassenzimmer.

Malea sah so aus, als hätte die Fensterscheibe sie in der Zwischenzeit hypnotisiert. Ich bin mir sicher, dass sie ihre Augen nicht eine Minute davon losgerissen hatte. Wo hätte sie auch sonst hingucken sollen? Die Fragen des Arbeitspapiers hatte sie vermutlich bereits hundert Mal erfolglos gelesen.

Ich hielt meinen rechten Daumen hoch und auf Maleas Gesicht erschien ein winziges, blasses Lächeln.

Ach, die arme, kleine Maus! Aber nun waren ja Dodo und ich wieder da!

Schnell hielt ich die Antwort zur ersten Frage hoch und Maleas Augen huschten über die Buchstaben wie die Taschenlampe eines Einbrechers über die Silber- und Goldketten des Juwelierladens. Und – ruckzuck – fing ihr Stift an, übers Papier zu flitzen.

Dann nickte sie ungeduldig und ich hielt ihr eilig die Antwort zu Frage zwei hoch.

Es lief unglaublich gut. Frau Heinzig hatte sich hinter einer Zeitschrift vergraben, und die anderen aus Maleas Klasse (außer Lasse, der arme Kerl!) nutzten die letzten Minuten der Geschichtsstunde, um endlose Zeilen auf ihre Blätter zu kritzeln. Kein Mensch bemerkte Dodos und meinen genialen Einsatz.

Was fast ein bisschen schade war. Man möchte ja doch auch ab und zu mal ein bisschen honoriert werden!

»Danke, Tessa! Danke, Dodo!«, hauchte Malea in der Pause nach der Stunde, als sie Dodo und mich im Wirrwarr der anderen gefunden hatte. »Das vergesse ich euch nie!«

»Gern geschehen, Häschen!«, meinte Dodo lässig.

Und ich drückte Malea nur bescheiden einen liebevollfesten Kuss auf.

Meine Schwestern gehen mir ohne Zweifel die meiste Zeit meines Lebens auf die Nerven und sind eine wahre Plage. Aber wenn eine von ihnen in echter Not ist, dann würde ich, ohne zu zögern, sogar alle meine Röcke und Stiefel (na ja, also jedenfalls die meisten) ins Feuer werfen, wenn ich ihnen damit helfen könnte. Das ist doch wohl schwesternschwurklar!

Jetzt – nach der Schule – sind Malea und ich auf dem Weg zum Krankenhaus, um Livi und Gregory zu besuchen, bevor sie abends von Iris oder Cornelius und Sibylle Hahn abgeholt werden, und wir müssen immer noch über die gelungene Geschichtsarbeit kichern.

Diese wunderbare Story werden wir gleich Livi erzählen. Da hat sie dann wenigstens auch was zu lachen!

Arme Livi! Sie hat ja wohl mal wieder die Loser-Karte gezogen.

Obwohl – nein! Offenbar hat sie ja unfassbares Glück gehabt, dass sie nicht noch schlimmer verletzt ist! Was ist schon so ein kleiner Knöchelbruch! Der ist schnell verheilt.

Livi muss allerdings enorm aufpassen, dass sie, wenn der Gips ab ist, nicht ein weißes und ein braunes Bein hat – das ist mir nämlich mal passiert. Aber zum Glück ist ja Winter. Natürlich hätte ich ihr auch im Sommer locker mit gutem Rat beistehen können. Es gibt ja immer noch Selbstbräuner. Und wenn man es geschickt anstellt, merkt man den Unterschied überhaupt nicht.

Aber wie ich Livi kenne, hat sie sich über solche möglichen Folgeschäden noch überhaupt keine Gedanken gemacht! Wichtige Dinge im Leben übersieht sie gerne mal!

Ach ja, meine Schwestern haben noch viel zu lernen! Was für ein Glück, dass ich wenigstens die Älteste und Vernünftigste bin!

So, da ist das Krankenhaus. Schon von außen ein echt deprimierender Anblick.

Muss mich jetzt zusammenreißen, um Livi nicht allzu sehr fühlen zu lassen, wie grässlich sie aussieht. Denn gruselig aussehen wird sie ohne Zweifel. Livi tut ja schon an normalen Tagen nicht viel für ihr Äußeres.

Wie oft habe ich ihr angeboten, sie morgens zurechtzumachen! Aber Livi ist unfassbar stur! Sie findet ihr Aussehen völlig in Ordnung. Was ja okay ist, aber trotzdem könnte sie doch noch ein klein wenig *mehr* aus sich machen, oder? Ich meine, das schadet ja schließlich nicht!

Ja, ich muss mich wirklich zusammenreißen, um Livi

nicht noch mehr zu deprimieren, kleiner Depri-Hase, der sie ist. Zum Glück bin ich ein äußerst feinfühliger Mensch!

Und außerdem – nach einem Unfall würden vermutlich sogar Dodo und ich nicht allzu vorteilhaft in einem Krankenhausbett aussehen …

Livi

Krankenhäuser sind so was von trübe, dass man sich über jede Abwechslung freut. Sogar über Besuch von seiner verrückten Familie.

Echt? Sehe ich wirklich *so* schrecklich aus?« Ich streiche mir etwas überrascht durchs Haar.

Tessa nickt bedauernd. »Wie ein Gespenst mit Durchfall. Kannst von hier direkt zur nächsten Halloween-Party gehen.«

Statt zu grinsen, seufze ich leicht. Meine große Schwester! Wie immer liebevoll charmant!

»Bin noch gar nicht auf die Idee gekommen, in den Spiegel zu gucken.«

»Du hast, seitdem du hier bist, noch nicht *ein einziges Mal* in den Spiegel geguckt?« Tessa glotzt mich an, als hätte ich gesagt, ich hätte noch nicht ein einziges Mal ein- und ausgeatmet.

Jetzt muss ich doch automatisch grinsen. Das regelmäßige In-den-Spiegel-Gucken ist für Tessa vermutlich tatsächlich dasselbe wie Ein- und Ausatmen. Ein Wunder, dass sie nicht ständig einen fahrbaren Ganzkörperspiegel hinter sich herzieht!

Habe meinen wilden Haufen Schwestern trotzdem

schon richtig vermisst. Was ja auch mal 'ne schöne Erfahrung ist! Ich meine, zu wissen, dass man sie doch alle ziemlich gernhat, auch wenn sie einem zu Hause permanent auf die Nerven gehen.

Heute Morgen konnte ich ja wenigstens schon mal zu Gregory rüber, sodass ich nicht die ganze Zeit das Seufzen der Frau neben mir anhören musste. Gregorys Knie tut scheußlich weh und ist jetzt eingepackt in eine dicke Schiene, aber von dem Schlüsselbeinbruch spürt er fast nichts, sagt er. Außer dass er ärgerlicherweise seinen linken Arm überhaupt nicht gebrauchen kann, weil der fest in einer Schlinge ist.

»Na ja, es gibt Schlimmeres!«, haben wir tapfer gelacht und uns gefreut, dass wir noch am Leben sind.

Aber dann haben wir natürlich auch an die Hühnerbefreiung gedacht und dass die armen Viecher jetzt noch länger in ihrem Gefängnis ausharren müssen. Und wer weiß schon, wann sich nun die nächste Chance auf Befreiung bietet! Vermutlich nicht allzu schnell.

Nach dieser desillusionierenden Erkenntnis schwiegen Gregory und ich eine Weile. Dann fragte ich ihn, ob ihn seine Mutter heute abholen komme.

»Sie kann nicht, sie hat Aufnahmeprobe für morgen«, hat Gregory nur knapp geantwortet.

Und ich wunderte mich mal wieder, wie man seelenruhig zum Fernsehsender marschieren kann, während der eigene Sohn – nur knapp mit dem Leben davongekommen – im Krankenhaus auf Beistand wartet.

»Sie war gestern Abend noch kurz da«, meinte Gregory.

»Ach ja?«, fragte ich gehässig. »Hat sie es noch geschafft, dich zwischen Kosmetikerin, Fußmassage und Sektempfang auf irgendeiner Party reinzuquetschen?«

Gregory rang sich ein mühsames Grinsen ab. »Echt, Livi, übertreib nicht! Sooo schlimm ist sie nun auch wieder nicht. Auf ihre Art liebt sie mich wirklich sehr.«

Ja, vermutlich genauso sehr wie ihr Lieblingsparfüm!, hätte ich am liebsten gesagt.

Aber ich tat es natürlich nicht, weil das Gregory sehr wehgetan hätte. Denn natürlich ist es vor allem Gregrory, der seine Mutter trotz allem liebt. Sogar sehr liebt.

Ach, wie böse mich das alles macht! Hätte Gregory nur einen verständnisvollen Vater! Dann könnte man vielleicht wirklich die fehlenden Mutterqualitäten bei Sibylle Hahn übersehen und ihre netten Seiten anerkennen. Ich meine, sie kann ja immerhin sehr unterhaltsam sein.

Ich fragte ihn noch mal nach seinem Vater. »Was genau hat er eigentlich mit England zu tun?«

Gregory zuckte mit den Schultern. »Ich weiß nicht. Meine Mutter hat nur immer erzählt, dass er, noch lange bevor ich geboren wurde, nach England gegangen ist.«

»Und wohin in England?«

»Bristol, glaube ich«, antwortete Gregory. »Das liegt an der Westküste von England.«

Ich seufzte. Die Westküste von England ist weit weg, und es wird schwer werden, in einem fremden Land nach jemandem zu suchen. Jedenfalls noch schwerer als im eigenen Land. Und vielleicht ist er jetzt, nach fast vierzehn Jahren, ja auch gar nicht mehr in Bristol.

Aber suchen will ich diesen Vater! Koste es, was es wolle!

Klar, wir könnten damit auch eine Riesenenttäuschung erleben. Denn vielleicht ist dieser Vater ja keinen Millimeter besser oder fürsorglicher als Sibylle. Vielleicht ist er sogar ein noch viel grässlicherer, ganz und gar herzloser Kerl!

Trotzdem, ich finde, versuchen sollte man es! Wenn man nichts riskiert, kann man auch nichts gewinnen!

Gregory stimmte mir da leider nicht ganz zu.

»Ehrlich, Livi«, meinte er, »lass stecken! Ich bin nicht halb so unglücklich, wie du denkst. Du machst dir über die meisten Sachen viel zu viele Gedanken! Klar hat es mal 'ne Zeit gegeben, wo ich mir gewünscht habe, dass mein Vater eines Tages zur Tür reinschneit. Aber da war ich noch klein.« Er grinste. »Und jetzt bin ich nicht mehr klein, okay? Ich sehe das so: Vielleicht lerne ich meinen Vater irgendwann mal kennen, und vielleicht eben nicht. Das wird *mich* nicht verändern. Weder das eine noch das andere.« Er buffte mich kumpelhaft mit seiner rechten gesunden Seite in meine Schulter. »Und jetzt wo ich *euch* alle hab, hab ich doch sowieso Familie genug, oder?«

Ich grinste ihn an. »So viel du willst! Wenn es etwas gibt, wovon wir Martinis reichlich haben, dann ist es auf jeden Fall Familie!«

Und damit ließen wir dieses Thema ruhen. Was mich allerdings nicht daran hinderte, heimlich weiter nachzudenken. Wie beginnt man eigentlich so eine Vatersuche?

Googelt man im Internet? *Gregory Hahn – Vater – Bristol – England – Geburtsjahr?*

Im Moment wartet Gregory noch drüben in seinem Zimmer darauf, dass der Arzt ihm den Entlassungsschein gibt, damit er später mit uns nach Hause fahren kann. Ich hab meinen Schein zum Glück schon hier liegen.

»Geht's dir gut, Livilein?«, fragt Malea jetzt und schmiegt sich neben mich aufs Bett. »Tut dir dein Knöchel sehr weh?«

Der gebrochene Arm ein Bett weiter seufzt tief auf, kreuzworträtselt aber ohne Unterbrechung weiter.

Malea kichert ein bisschen und ich kicke sie in die Seite. Schließlich kichert man im Krankenhaus nicht über andere Leute!

Tessa fummelt an ihren toupierten Locken herum. »Wir haben übrigens 'ne lustige Story für dich!« Sie grinst und guckt Malea an. »Oder willst *du* lieber erzählen?«

»Was ist denn passiert?«, frage ich interessiert. »Etwa noch was?«

Denn dass Iris diesen super Preis gewonnen hat, habe ich ja schon gestern Abend von ihr und Cornelius gehört.

Malea reckt ihre Augenbrauen hoch, was Tessas Ankündigung einer weiteren Story nun doch sehr spannend aussehen lässt.

»Na?«, ermuntere ich die beiden. »Lasst hören!«

»Also«, fängt Tessa an, schubst ihre Locken wieder in Form und streicht sich ihren Pulli glatt, »du weißt vielleicht, dass Malea heute eine scheußliche Geschichtsarbeit schreiben sollte?«

»Ähm …« Ich gucke etwas schuldbewusst. Hätte ich das wissen sollen?

»Das hab ich doch gar keinem gesagt, Tessa«, sagt Malea schnell, und ich fühle mich gleich besser.

»Und wie ist sie gelaufen?«, frage ich ohne schlechtes Gewissen.

»Das ist nicht der Anfang der Story«, grinst Tessa. »Los, Malea, erzähl ihr den Anfang. Erzähl ihr von deinem aufregenden Nachmittag gestern!«

Malea schnaubt wie ein Pony, das nicht von der Weide kommen will, aber dann sprudelt doch alles aus ihr raus. Ihre Angst, eine Sechs zu bekommen. Ihre verrückte Idee, einfach ins Lehrerzimmer zu gehen und das Arbeitsblatt zu kopieren. Und wie Frau Meyer-Buchsbaum und Frau Dornkater plötzlich ohne Vorwarnung reinkamen. Dann stoppt sie abrupt.

»Und dann?«, frage ich atemlos. Malea kann echt gut erzählen!

»Och, dann haben die sich über so 'n Kram unterhalten«, meint Malea.

Klingt irgendwie komisch. Merkwürdig. Und sie macht auch ein ziemlich merkwürdiges Gesicht, als sie das sagt. Auf jeden Fall klingt es so, als ob man da nachhaken sollte.

»Über was haben die sich denn unterhalten?«, frage ich vorsichtig.

Malea guckt betroffen zu Boden, als hätte sie eine Ohrfeige bekommen, und antwortet nicht.

Huch? Was ist denn nun los?

»Malea?«, frage ich noch mal vorsichtig. »Willst du uns erzählen, worüber die redeten?«

Malea stöhnt schlimmer als meine Kreuzworträtsel-Bettnachbarin, aber sagt immer noch kein Wort.

»Das ist doch total egal!«, plappert jetzt Tessa dazwischen. »Wichtig ist nur, dass sie danach unseren neuen Schuldirektor kennengelernt hat.«

»Hast du?«, frage ich Malea.

»Mhm … ja«, nuschelt Malea, aber sie sieht nicht hoch. Sie wirkt plötzlich gar nicht mehr so, als würde sie eine lustige Geschichte erzählen wollen, sondern eher, als wäre gerade eine tiefschwarze Wolke im Zimmer aufgezogen, unter der Malea nun gefangen sitzt.

»Malea! Weiter!«, drängt Tessa.

»Hm, ja.« Malea reißt sich zusammen. »Ja, also, dann …

dann … na ja, jedenfalls dann haben die gesehen, dass ich das Papier hatte, und da musste ich zum neuen Direktor.«

»Gerold Grünberg heißt der«, wirft Tessa ein und strahlt wie die spanische Sonne. »Wenn du den erstmal kennenlernst …!«, schwärmt sie. »Klug ist der! Und sieht gut aus! Und ist *sehr* lässig! Und …«

»Woher weißt du denn das?«, frage ich erstaunt. »Warst du auch mit im Lehrerzimmer?«

»Quatsch!«, lacht Tessa. »Ich hab doch auf dem Marktplatz für dich die Hühnerzettel verteilt. Und genau dort …« Sie macht eine Pause und guckt uns an, als wären wir Jungs und sie wolle uns verführen. »… habe ich diesen Gerold Grünberg getroffen.«

»Wen?«, frage ich ein bisschen verwirrt.

»Herrn Grünberg, so heißt doch unser neuer Direktor«, erklärt Malea. »Hat Tessa doch gerade gesagt. Hat sich heute übrigens der ganzen Schule vorgestellt.«

»Ach ja«, mache ich. »Und wieso war er gestern auf dem Marktplatz?«

Tessa guckt mich an, als sei ich etwas schwer von Begriff. »Mensch, er war gerade von der Schule – wo Malea ihn nach ihrer Kopier-Aktion kennengelernt hatte – auf dem Weg nach Hause. Und da kam er eben über den Marktplatz.«

»Und da standest du«, sage ich mal so.

Tessa lächelt äußerst geschmeichelt und verfällt automatisch in eine Runde Wimpernklimpern. »Genau! Und da stand ich!«

Ich mache eine gelangweilte Bewegung, um anzudeuten, dass sie in die Gänge kommen soll. Eitle Pute! Als ob ein Schuldirektor Interesse an ihr als Mädchen haben könnte!

»Jedenfalls war er sehr aufgeschlossen, was unsere Hühneraktion angeht«, meint Tessa etwas beleidigt.

»*Unsere* Hühneraktion?« Ich richte mich im Bett auf. Da hab ich mich ja wohl verhört. Hat Tessa UNSERE gesagt?

Tessa sieht ein wenig verunsichert aus.

»Du findest doch, dass ich meine Zeit total vertrödele mit meiner politischen Arbeit, oder?« Ich sehe Tessa scharf in die Augen. »Du findest doch, ich sollte mit dir lieber Lippenstiftfarben aussuchen gehen, statt mich um die Nöte von Tieren zu kümmern, *oder*?« Zugegeben, das *Oder* betone ich ziemlich schneidend.

Was nicht ohne Wirkung auf Tessa bleibt.

»Also echt, Livi«, versucht sie, weiterzuplappern wie immer. Aber ich merke doch, dass ich sie irgendwo getroffen habe. Bloß wo? »Echt, ich habe doch nie gesagt, dass ich politische Arbeit nicht wichtig finde. Es ist doch immer nur so gewesen, dass Dodo und ich … also dass wir eben meistens sehr beschäftigt mit anderen Dingen sind.«

»Ja, so kannst du das auch nennen«, grunze ich abfällig.

Tessa macht ihren Rücken kerzengerade. »Jedenfalls wollte ich dir noch sagen, dass ich das total wichtig und richtig finde, was du da mit Gregory auf den Zettel geschrieben hast. Und ich … ich stehe voll hinter dir! Nur damit du das weißt!«

Mir fällt der Kiefer runter. Ich bin sprachlos.

Ich gucke von Tessa zu Malea und von Malea zu Tessa.

Malea zuckt grinsend mit den Schultern, was wohl heißen soll, dass sie auch nicht weiß, wie Tessa zu dieser weltumwälzenden neuen Einstellung gekommen ist.

»Du willst also *mitmachen* bei Gregorys und meiner Hühnerbefreiung?«, frage ich baff.

Tessa guckt mich etwas irritiert an und zupft nervös an

ihren Ohrringen. »Na ja, also direkt mitmachen … Wie gesagt, Dodo und ich sind ziemlich beschäftigt und …« Dann starrt sie mich plötzlich erschrocken an. »Hast du HühnerBEFREIUNG gesagt?« Sie sieht immer entsetzter aus. »Ihr wollt die armen Viecher doch nicht wirklich rauben – äh, befreien?«

Ich gucke böse zurück. »Was dachtest du denn? Dass wir glücklich und zufrieden über ihr Folterdasein berichten und dann tatenlos dabei zusehen, wie sie dahinsiechen?«

Tessa schluckt. »Na ja, ich dachte … Ach, Livi, dafür können du und Gregory aber doch ins Gefängnis kommen!«

Malea hat uns atemlos zugehört. »Ihr wollt den Käfig wirklich knacken, Livi? Das ist ja super! Oh, ihr habt Mut!« Sie fällt mir um den Hals. »Und wann? Wann wollt ihr das machen?«

Tja. Mein Gesicht fällt augenblicklich in sich zusammen. Denn die tolle Hühnerbefreiung wird ja nun leider nicht stattfinden.

Malea scheint das nicht zu bemerken. »Und mach dir keine Sorgen wegen Gefängnis, Livi! Du bist ja erst dreizehn. Wenn einer ins Gefängnis gehen muss, dann ist das entweder Iris oder Cornelius.«

Ich lächele matt. Als ob ich Iris oder Cornelius für mich ins Gefängnis gehen lassen würde!

»Egal«, sage ich leise. »Die Hühner werden ja gar nicht befreit. Weil Gregory und ich nun beide ziemlich eingegipst sind und man sich so keine Hühner untern Arm klemmen und mal eben schnell weglaufen kann.«

»Och!« Malea guckt mich traurig an.

Und – sieht da etwa auch Tessa betroffen und mitfühlend aus? Sogar ein wenig enttäuscht?

Ich kann es einfach nicht glauben! Meine Pinkschminkaufrüsch-Schwester Tessa hat ihr Herz für Hühner entdeckt!

»Oh«, seufzt Tessa, »ich bin mir sicher, dass Gerold Grünberg so eine Befreiungsaktion ebenfalls toll gefunden hätte.«

»Dieser Grünberg?«, frage ich misstrauisch. »Was hat der denn damit zu tun?«

»Er war eben sehr interessiert an dem Hühnerproblem«, meint Malea grinsend, »und Tessa war sehr interessiert an ihm!«

»War ich überhaupt nicht!«, widerspricht Tessa eilig. »Also jedenfalls nur auf politischer Ebene.«

»So, so, auf politischer Ebene!«, wiederhole ich.

Ich wusste gar nicht, dass meine älteste Schwester den Begriff *politische Ebene* überhaupt kennt! Anscheinend ist sie nicht ganz so blöd, wie sie sich immer schminkt. Auf der anderen Seite scheint ihr Hühnerinteresse aber auch deutlich an das blendende Aussehen unseres neuen Schuldirektors gekoppelt zu sein.

Ich beschließe, da nicht weiter nachzuhaken.

»Also«, wende ich mich wieder an Malea, »dann hast du also Ärger gekriegt wegen des Arbeitsbogens. Und dann?«

Und so erzählt Malea endlich weiter und Tessa fummelt weiter an ihren Haaren rum.

Als Malea zu dem Punkt kommt, wo sie Tessa ihr Geschichtsbuch gibt, ahne ich Fürchterliches. Aufgeregt richte ich mich auf und kann es kaum noch abwarten, dass Malea weiterredet. Doch genau in diesem Moment klopft es an der Tür.

»Das wird nur Gregory sein, er wollte nach der Arztvisite rüberkommen«, sage ich hastig. »Erzähl weiter, Malea!«

Malea lässt sich auch gar nicht lang unterbrechen. »Und dann…«, sie kichert, »…dann fing ich gerade an, total verzweifelt zu werden, weil ich echt überhaupt nix-nix-nix wusste, aber plötzlich kriegte ich von Lasse einen Radiergummi an den Kopf und…«

Tessa kichert ebenfalls. Und sieht dabei sehr zufrieden aus.

»…und als ich mich gerade stinksauer beschweren wollte«, giggelt Malea, »da deutet Lasse wie ein Irrer zum Fenster hin und direkt davor – Livi, du fasst es nicht! – Da waren…«

»GUTEN TAG!«

Die Zimmertür ist aufgegangen, aber statt Gregory steht da ein Mann. Nicht alt, nicht jung und nicht allzu schlecht aussehend. Aber ohne den üblichen krankenhausweißen Kittel. Nanu? Hat der sich in der Tür geirrt?

»Bin ich hier richtig bei Olivia Martini?«

Ich nicke verblüfft. »Äh, ja? Ich bin Olivia.«

Der Mann geht lächelnd auf mich zu und streckt mir seine Hand hin. »Hallo, freut mich sehr, dich kennenzulernen, ich bin…«

»Herr GRÜNBERG!«, ruft Tessa von der anderen Seite des Zimmers und sieht plötzlich aus, als hätte ein Kamel sie mit Wasser bespuckt. »Was machen *Sie* denn hier?«

Tessa

Jungs und Männer bringen einen gelegentlich dazu, Dinge zu tun, die man gar nicht wirklich tun wollte. Ich zum Beispiel habe ein großes Problem mit meiner angeborenen Großzügigkeit und meiner ausgesprochen regen Anteilnahme an meiner Umwelt. Fast noch schlimmer als bei Livi ist das bei mir. Das Einzige, was mich gelegentlich zurückhalten kann, ist die Tatsache, dass ich zum Glück wesentlich vernünftiger bin als Livi. Ich meine, wenn ich gerade zwölf Euro für eine Strumpfhose ausgegeben habe, wäre es ja wohl der reine Blödsinn, sie gleich am nächsten Zaun zu zerreißen, bloß um ein paar Fotos von notleidenden Hühnern zu machen. Dafür bin ich einfach zu sparsam! Das Geld zum Fenster rauszuschmeißen, liegt mir nun mal nicht. Aber Jungs und Männer… die können einen in Situationen bringen…

Dieser Gerold Grünberg, also echt! Stiefelt hier einfach mit seinem Strahlelächeln rein, als würde man alle Tage als Schuldirektor ins Krankenhaus gehen, um kranke Schüler zu besuchen, und fängt ganz souverän an, Small Talk zu machen. Was für ein Mann! Einfach cool! Ach, wäre ich nur ein paar Jahre älter!

Wie nett er auch mich und Malea begrüßt hat. Kein

Wort hat er über Maleas Arbeitsfragenklau verloren. Richtig diskret, der Mann. Wie ein Mann eben sein sollte.

Und wie er mir in meine blauen Augen geguckt hat, als er sagte, dass er sich freue, mich wiederzusehen. Das hat richtig *peng* in meinem Magen gemacht.

(Keine Sorge, Javi! Der Mann ist zwar enorm attraktiv und denkt das Gleiche ohne Zweifel auch über mich, aber er ist natürlich etwa hundert Jahre zu alt für mich. Und du bist immer noch der Beste!!!)

Dass er es für seine Pflicht gehalten habe, sich nach dem Befinden der Schüler zu erkundigen, die sich in ihrer Freizeit so sehr für andere, für die Umwelt und für den Tierschutz einsetzen, und die nun diesen schrecklichen Unfall hatten, hat er erklärt.

Und wie Livi dann geglotzt hat, als er noch hinzufügte, wie großartig er *ihr* politisches Engagement finde und sie zu ihrem Einsatz in Sachen Legehennen-Skandal beglückwünschte. Und dass er bisher gar nicht gewusst habe, was für eine Schande offenbar diese Hühnerbatterie auf der anderen Seite der Stadt ist.

Livi kriegte ihren Mund gar nicht mehr zu. Und als sie vor Stolz ein bisschen rosa geworden ist und ihr blasses Sommersprossengesicht endlich nicht mehr wie Quarkkuchen mit Streuseln aussah – obwohl das Rosa zu ihren blond-roten Haaren immer noch nicht optimal war, da könnte man durchaus noch etwas mehr in die richtige Richtung nachhelfen, vielleicht ein etwas brauneres Rouge? –, also jedenfalls, da sah sie plötzlich richtig wach und nett aus.

Und ich merkte, dass ich ebenfalls fast ein bisschen stolz auf meine älteste kleine Schwester wurde.

Allerdings finde ich auch, dass sie mir ruhig einen

dankbaren Blick hätte schenken können. Schließlich hat sie das Lob von Gerold Grünberg lediglich mir zu verdanken. Oder wer hat sich im dicksten Schneetreiben ohne Rücksicht auf Erfrierungen an den Beinen im Minirock auf den Marktplatz gestellt, nur damit die Leute endlich mal Notiz von der Arbeit meiner Schwester nehmen, hm?

Livi guckt immer noch nicht sehr dankbar. Sie und Herr Grünberg sind in ein heftiges Gespräch vertieft über die unterschiedlichen Gesetze in Europa, was Hühnerbetriebe und die Eierindustrie angeht.

Meine Güte, was gibt es denn da so viel zu reden? Dass diese armen Viecher wirklich leiden, ist doch nun allmählich jedem klar, oder? Aber nein, die quatschen und quatschen und versuchen, sich gegenseitig mit immer mehr Fakten zu beeindrucken.

Hmpff. Gerold Grünberg scheint jedenfalls wirklich ziemlich beeindruckt von meiner Schwester zu sein. Guckt der eigentlich überhaupt noch mal zu mir rüber? Hallooohooo! Ich bin auch noch da!

Nix. Keine Reaktion. Obwohl ich meine hübsche blonde Mähne so ausgiebig schüttele, dass sich sogar ein Blindfisch nach mir umgedreht hätte.

»Und in Großbritannien ist das tatsächlich immer noch erlaubt?«, fragt Gerold Grünberg gerade.

Livi nickt mit total ernstem Gesicht. »Oh ja, und außerdem auch in …«

Ich kann's nicht mehr hören! Wie lange wollen die denn noch über so überflüssiges Zeug reden?

»Na, da sollte man dann aber endlich mal handeln!«, höre ich mich selber mit lauter Stimme Livi unterbrechen. Äh, habe ich mir überhaupt richtig überlegt, was ich da sage?! Egal!

»Ach ja?«, fragt Gerold Grünberg und guckt mich nun deutlich interessierter an.

Bingo! Ich weiß, wie man Jungs auf sich aufmerksam macht.

»Und was genau würdest du dann tun?«, fragt er weiter.

Na schön, genau *das* hab ich mir eben noch nicht überlegt. Man kann ja nicht auf alles eine Antwort haben.

Ich setze mich erst mal gerade hin, schlage graziös die Beine übereinander, lächele ihn klug an und …

Leider fällt mir dann immer noch nichts Gutes ein.

»Sie meint«, kommt mir Malea zu Hilfe, »dass man die armen Hühner zumindest in unserer Stadt endlich befreien sollte! Damit die Polizei und der Tierschutzbund sehen, was für ein mieser Typ dieser Besitzer von der Hühnerfabrik ist.«

Gerold Grünberg schaut von Malea zurück zu mir. »*Das* meinst du?«

In seinem Blick liegt nicht nur Erstaunen, sondern auch Bewunderung. Da bin ich mir sicher. Bewunderung könnte ich mit geschlossenen Augen zehn Meilen gegen den Wind riechen.

Also lächele ich noch klüger. Und überlegener. Und entschlossen. »Klar. Genau das meine ich. Man muss endlich was tun und nicht immer nur reden, reden, reden!«

Livi glotzt, als hätte ihr jemand den Pinkelpott, der unter den Krankenhausbetten liegt, auf den Kopf gehauen. Eine Mischung aus völliger Überraschung und einer reichlichen Portion Ärger.

Wieso um alles in der Welt ist die denn nun wieder sauer auf mich? Ich unterstütze sie doch bloß die ganze Zeit!

»Also, hm, also …«, meint Gerold Grünberg nach einer

Minute des Schweigens, »also, ich kann natürlich keine kriminellen Handlungen unterstützen oder gutheißen. Und – ähm – ein Einbruch in das Grundstück von jemand anderem *ist* natürlich eine kriminelle Handlung. Allerdings …« Er räuspert sich. »Wenn allerdings dieser Besitzer *tatsächlich* gegen das Gesetz verstößt, dann sollte das schleunigst jemand aufdecken!«

»Genau!«, sage ich souverän. »Das finden wir auch!«

Und wechsle meine übereinandergeschlagenen Beine von der einen Seite zur anderen. Und lächle weiter. Das kommt immer gut.

Livi funkelt mich jetzt ganz offen böse an.

Diese kleine Meckerkuh! Was hab ich denn falsch gemacht? Hat sie etwa Angst, dass unser Schuldirektor uns bei der Polizei verpfeifen könnte? Oh, da lege ich meine hellblau lackierten Fingernägel ins Feuer, das wird er bestimmt nicht tun! Gerold Grünberg ist ein echt netter Typ!

»Tja, also«, sagt der echt nette Typ jetzt, »das sind ja aufregende Neuigkeiten.« Er sieht uns alle der Reihe nach freundlich an. »Nur damit wir uns richtig verstehen: Ich bin Beamter im Schuldienst. Und daher habe ich von euren Plänen nichts gehört und weiß auch *absolut nichts* darüber, in Ordnung?«

Livi sieht besorgt aus. Ich bin etwas verwirrt. Und Malea guckt, als ob sie überhaupt gar nichts mehr versteht.

»Aber ich sage euch auch, was ich immer sagen werde«, fährt Gerold Grünberg mit einem leichten Augenzwinkern fort, »ich bewundere Mut und Entschlossenheit bei jungen Menschen sehr! Nur weiter so!«

Ha! Doppel-Bingo!

Ich werfe Livi einen triumphierenden Blick zu. Wenn das kein Freifahrtschein war! Unser Schuldirektor findet unsere Idee mit der Hühnerbefreiung ganz, ganz toll und wird uns ganz sicher keine Steine in den Weg legen oder uns an die Polizei verraten!

Ich bin so überwältigt von meinem Erfolg, dass mir erst nach einer ganzen Weile, als die anderen schon längst über andere Sachen reden, klar wird, was ich da eigentlich gesagt habe. Habe ich – ähm – gerade zugestimmt, dass ich die Hühner befreien werde???

ICH?

Aber ich habe doch eigentlich überhaupt gar nichts mit Livis wilden Aktionen zu tun! Ich meinte doch nicht wirklich, dass *ich*…

Oh, Hilfe, Dodo, Javi, Ramón! Wie um alles in der Welt komme ich aus dieser Sache wieder heil raus?

Livi

Schwestern sind wie frisch gekochte Schokopuddings. Blubbernd, schaumig, voller Luftblasen, sehen verlockend aus, sind leider nicht sehr nahrhaft, aber am Ende doch viel, viel, viel besser als Schwarzbrot. Das muss man mal sagen.

Dieser Gerold Grünberg scheint ziemlich nett zu sein. Denkt auf jeden Fall politisch in die richtige Richtung. Sehr sympathisch.

Im Moment reden Tessa, Malea und er über Fremdsprachenkurse in der Schule. Tessa plappert und plappert ein Zeug, dass ich meine große Schmink-Schwester gar nicht mehr wiedererkenne. Nur das Wimpernklimpern ist unverändert. Jetzt versucht sie sogar, Herrn Grünberg davon zu überzeugen, dass ein freiwilliger Nachmittagskurs für Spanisch eingerichtet werden sollte. Und vergisst nicht, zehnmal zu erwähnen, dass sie und Dodo bereits seit letztem Sommer spanische Vokabeln büffeln.

Haha! Als ob!

Dodo und Tessa können wahrscheinlich »Bitte, bitte, gib mir noch einen Kuss!« und »Wie viel kostet dieses Parfum?« auf Spanisch zwitschern, aber das war's dann garantiert auch schon. Glaube kaum, dass sie viel Interesse daran haben, Grammatik zu lernen oder andere Bereiche des Lebens mit den dazugehörigen Sätzen und Wörtern abzudecken.

Aber schade, dass unser neuer Direktor gerade in dem Moment ins Zimmer kam, als Malea erzählen wollte, was während ihrer Geschichtsarbeit passiert ist! Muss unbedingt den Rest der Story hören, bevor Iris und Cornelius kommen, um uns abzuholen.

Huch, da klopft es schon wieder an der Tür. Na, das muss jetzt aber Gregory sein!

Ein blasses Gesicht erscheint im Türspalt und dann schiebt sich tatsächlich Gregory samt Schlinge um den Arm und Schiene am Bein in den Raum.

»Oh! Du hast Besuch«, stellt er schüchtern fest. »Soll ich später noch mal wiederkommen?«

Ohne Zweifel hätte er sich von meinen Schwestern nicht stören lassen, nur mit Herrn Grünberg weiß er natürlich nichts anzufangen.

»Hey Gregory!«, begrüße ich ihn freundlich. »Nein, komm rein!«

Er humpelt entschuldigend lächelnd ins Zimmer.

»Das ist Herr Grünberg, unser neuer Schuldirektor«, stelle ich vor. »Er ist extra gekommen, um zu sehen, wie es uns geht.«

Gregory guckt ziemlich erstaunt. Klar, von der alten Frau Habermeister sind wir natürlich nicht gewohnt, dass sich ein Direktor um verletzte Schüler Sorgen macht.

»Hallo, ich bin Gerold Grünberg«, kommt unser engagierter Direktor Gregory lächelnd entgegen. »Gehörst du vielleicht auch zu *Auroras Freunden*?«

Gregory sieht ihn erstaunt an.

»Ich habe gestern Tessa auf dem Marktplatz getroffen«,

erklärt Herr Grünberg, »und ich muss sagen, ich war sehr beeindruckt von eurem Flugblatt.«

»Ah«, macht Gregory und wirkt gleich entspannter. Lob hören wir immer gern.

Er streckt schnell höflich die Hand aus. »Hallo, ich bin Gregory Hahn.«

Herr Grünberg hört für eine Sekunde auf zu lächeln und guckt etwas überrascht. »*Wie* heißt du?«

»Gregory Hahn.«

»Und wie alt bist du?«

»Dreizehn«, antwortet Gregory, »ich gehe in eine Klasse mit Livi.«

Direktor Grünberg starrt ihn mit gerunzelter Stirn an, als hätte er den Namen nicht ganz richtig verstanden. »Gregory *Hahn*, so, so ... Bist du ... bist du etwa der Sohn von ... von *Sibylle* Hahn?«

»Genau der«, antwortet Gregory und rollt mit den Augen, wie er an dieser Stelle immer mit den Augen rollt.

Ihm geht es ziemlich auf den Zeiger, ständig wegen seiner berühmten Mutter angequatscht zu werden. Umso mehr, da er ja nicht allzu viel von ihrer Berühmtheit hat.

Genauer gesagt, gar nichts.

Außer reichlich Ravioli-Dosen.

»Ach ...«, macht Gerold Grünberg, und ein Leuchten huscht über sein Gesicht, wie bei allen Leuten, wenn sie von Sybille Hahn hören. (Was finden die alle nur an dieser Frau?) »Ich wollte morgen Abend zu ihrer Talkshow kommen. So, so, und du bist ihr Sohn. Das ist ja ... das ist ja wirklich interessant!«

Jetzt rolle ich auch mit den Augen. *Interessant?*

Fehlt nur noch, dass dieser Grünberg Gregory gleich um eine Autogrammkarte von seiner Mutter bittet. Peinlich! Und ich fand unseren neuen Direktor so sympathisch. Wo er sich doch so für die Hühnerbefreiung interessiert hat! Aber – klar – kaum taucht der Name Sibylle Hahn auf, interessieren sich alle Männer nur noch für sie! Und alle Hühner sind vergessen.

Blöder Kerl. Gregory macht es sich jetzt am Fußende meines Bettes bequem, so gut man es sich mit Schlinge und Schiene bequem machen kann, und sagt nichts mehr. Gerold Grünberg allerdings fixiert ihn mit den Augen, als wären alle anderen Themen vergessen, seit er festgestellt hat, dass Gregorys Mutter die tolle Sibylle Hahn ist.

Ein paar Sekunden herrscht Schweigen im Zimmer.

»Ja, also, was wäre denn dann mit einem Spanischkurs?«, plappert Tessa zum Glück endlich wieder munter weiter.

Manchmal ist meine Plapperschwester sehr praktisch.

»Ach ja, der Spanischkurs …«, wiederholt Herr Grünberg, reißt seinen Blick endlich von dem armen Gregory los und wendet sich wieder Wimpernklimper-Tessa zu. »Ja, darüber sollten wir unbedingt bald noch mal reden!«

Er lächelt jetzt wieder.

Dann erhebt er sich. »Nun muss ich aber leider gehen. Hat mich ehrlich gefreut, euch beide kennenzulernen.« Das war an mich und Gregory gerichtet.

Er macht ein paar Schritte zur Tür, dann dreht er sich noch mal um.

»Aber – bevor ich es vergesse – da sind noch andere Nachmittagskurse, über die wir reden sollten«, meint er, »die werden besonders dich und deine Freundin – wie heißt sie eigentlich? – interessieren.« Das war deutlich an Tessa gerichtet.

»Sie meinen Dorothea Dunst?«, fragt Tessa ebenfalls lächelnd.

»Genau die«, nickt Herr Grünberg. »Sieht so aus, als hätten du und Dorothea außer Spanisch noch andere Interessen.«

Ich grunze nur leise in meine Bettdecke. Und ob die außer Spanisch noch was anderes im Kopf haben!

Ausgiebiges Hüftschwung-auf-Stöckelschuhen-Üben zum Beispiel und den Weltrekord im möglichst viel Schminke-auf-die-Augen-Platzieren. Dauertelefonate auf dem Handy über so weltbewegende Sachen wie neue Netzstrümpfe oder Lidschattenfarben und so weiter und so weiter. Ich könnte ihm da sicher noch einige der unterschiedlichsten Interessen meiner Schwester und ihrer Freundin aufzählen!

Tessa aber scheint völlig ahnungslos zu sein, wovon unser Direktor redet. »Äh, ja?«

»Aber sicher!«, lächelt Herr Grünberg weiter. »Wie ich mitbekommen habe, gibt es nämlich Schüler bei uns, die auch über die Maßen sportlich engagiert sind. Und da mir der Sport sehr am Herzen liegt, kann ich das natürlich nur unterstützen.«

Sport? Was bitte soll meine Schwester mit *Sport* zu tun haben? Der wird doch Hinternwackeln nicht als Sport bezeichnen?

»Äh, *Sport*?«, wiederholt jetzt auch Tessa richtig entsetzt und ungläubig, als hätte unser Direktor sie gebeten, einen Haufen Hundekacke mit den Händen aufzuheben.

Herr Grünberg nickt unerschütterlich freundlich. »Oh ja! Ich selbst habe mit eigenen Augen gesehen, wie Schülerinnen sogar mitten im Winter nicht davor zurückschrecken, Unterrichtsstunden zu schwänzen, bloß um stattdessen draußen im Hof auf Leitern Gleichgewichtsübungen zu trainieren. Ganz erstaunlich finde ich das! Ich würde diese Schülerinnen deshalb gerne ermuntern, das nicht nur schüchtern im Verborgenen zu tun, sondern biete an, dieses Interesse von jetzt an offen und regelmäßig zusammen mit anderen Schülern auszuleben. Daher bitte ich diese Mädchen, am Montag in der Schule zu mir zu kommen, damit wir zusammen ein ordentliches Trainingsprogramm für den Rest des Schuljahres ausarbeiten können. Ich bin sicher, dass uns da zusammen was Tolles einfällt!«

Ich hab keine Ahnung, wovon der Typ hier quatscht, aber Tessa und Malea sehen mittlerweile aus, als hätte eine Schlange sie gebissen und gleichzeitig in Trance versetzt. Sie sagen nicht piep und nicht papp, sind aber beide leichenblass.

Wieso denn auch Malea? Herr Grünberg hat doch nur Tessa angeguckt?

Oh, nein, jetzt lächelt er plötzlich auch Malea genauso merkwürdig an. »Hältst du das nicht auch für eine gute Idee, Malea?«

Und Maleas Gesichtsfarbe wechselt nun von leichenblass zu knallrot.

»Na, was denkt ihr?«, fragt Herr Grünberg, immer noch lächelnd, in Tessas und Maleas Richtung, während er schon die Türklinke in der Hand hat.

»Äh, ja…«, macht Tessa. Ganz ohne Lächeln. Und sogar ohne Wimpernklimpern.

Und »mhmm« nickt Malea.

»Dann sehe ich euch also am Montag!«, meint Gerold Grünberg freundlich. »Euch allen noch einen schönen Tag! – Und gute Besserung!«, ruft er zum Abschied noch zu mir und Gregory rüber.

»Danke«, sagen Gregory und ich höflich.

Und »Danke« hauchen Tessa und Malea sehr viel leiser, eigentlich kaum hörbar.

Als Herr Grünberg endlich aus der Tür raus ist, herrscht Schweigen im Raum.

Tessa sieht aus wie ein verstörtes Kaninchen.

Malea atmet kurz und hektisch wie ein Fisch auf dem Trocknen.

Gregory guckt mich verwundert an.

Ich zucke mit den Schultern und schüttele verwirrt den Kopf.

»Merkwürdiger Typ!«, meint Gregory und starrt die geschlossene Tür an, als hätte er die Hoffnung, dass ihm dadurch klarer würde, worüber der Kerl eigentlich geredet hat.

Tessa seufzt aus tiefstem Herzen, als hätte sie Gregory überhaupt nicht gehört.

»Oh Gott!« Sie guckt sich Hilfe suchend zu Malea um. »Malea, was machen wir jetzt bloß?«

Wie bitte? Meine *fünfzehnjährige* Schwester fragt meine *elfjährige* Schwester, was sie machen sollen?

Was ist hier eigentlich los? Kaum dass man mal einen Tag im Krankenhaus verbringt, läuft alles total ins Chaos!

»Äh, Malea? Tessa? Könnt ihr mir und Gregory vielleicht netterweise erklären, was da eben abging?«

Tessa

Ich brauche dringend eine Entspannungsmaske! Gurke mit Quark? Oder doch lieber Joghurt und Pfirsichstückchen? Merkwürdig, dass Iris Beauty-Produkte immer in der Küche aufbewahrt.

Puh, das waren zwei lange Tage! Bin echt müde heute Abend.

Gestern die harte Arbeit auf dem Marktplatz und heute dann im Krankenhaus … uuuh, daran will ich gar nicht denken! Und dabei schien dieser Gerold Grünberg so nett zu sein!

Na ja, gut, ich schätze, er hätte mich und Malea und Dodo auch von der Schule feuern können. Allerdings, die Vorstellung, das ganze nächste Jahr nachmittags irgendwelche grässlichen Sportstunden absolvieren zu müssen, ist auch nicht viel angenehmer.

Ich meine: Sport! All der Schweiß, der einem da womöglich runterläuft!

Gibt es eigentlich schweißfesten Lidschatten? – Oh je, als hätte ich keine anderen Dinge zu tun! Nein, nun muss ich mich auch noch um neues Make-up kümmern!

Was hat dieser Grünberg bloß für merkwürdige Strafmaßnahmen? Kann er uns nicht einfach anständig zwei

Nachmittage lang nachsitzen lassen? Das war das letzte Mal für Dodo und mich eigentlich gar nicht so übel. Wir haben uns Kuchen und Tee aus der Cafeteria geholt und es uns echt nett und gemütlich gemacht. Und hatten endlich mal Zeit zum ausgiebigen Quatschen.

Aber nein, stattdessen dürfen wir jetzt über den Sportplatz hetzen (staubt so ein Platz eigentlich sehr? Bäh, grässliche Vorstellung!) oder stundenlang auf dem Schwebebalken oder am Reck üben. (Kann ich unseren Direktor eigentlich verklagen, wenn ich mir dabei blaue Flecken hole?)

Beinahe noch schlimmer ist natürlich die Sache, auf die ich mich morgen Abend eingelassen habe. Und ich rede NICHT von der wunderbaren Talkshow, zu der wir alle eingeladen sind.

Ich meine, wie cool ist *das* denn? Endlich gehen wir zu einer Fernsehshow mit Sibylle Hahn! Wenn ich es schaffe, mit Dodo in der ersten Reihe zu sitzen (und wenn das welche schaffen, dann sind das … Bingo! Dodo und ich), kommen wir bestimmt ins Fernsehen! Denn dann sind die Kameras garantiert die Hälfte der Zeit auf uns gerichtet.

Aber – okay – von dieser wie gesagt wunderbaren Show rede ich jetzt leider nicht. Sondern ich meine die Sache, die – tja, so sieht es wohl aus – VOR der Talkshow passieren wird. *Blau nach zehn* fängt ja erst (wie der Name schon andeutet) um Viertel nach zehn an und vorher werde ich im Dunkeln …

Du lieber Himmel! Das kann ich doch nicht wirklich machen! Ich werde mir ja meine besten Klamotten zerreißen und tausend Schrammen an Armen und Beinen holen! NEIN!! Habe ich denn Livi allen Ernstes versprochen, dass ich das tue? Ja, bin ich denn von allen guten Geistern verlassen? (Wie Rema sagen würde.)

Ich knülle mein Kissen zusammen und stopfe es mir fester unter den Kopf. (Im Liegen ist es wichtig, den Kopf nicht zu sehr einzuknicken, sonst kriegt man ein Doppelkinn. Und wer möchte das schon?)

Mit kerzengeradem Kopf denke ich weiter nach.

Livi und Gregory sind endlich wieder zu Hause.

Und heute nach dem Abendessen leuchtete das Gesicht von meiner kleinen Depri-Schwester sogar richtig auf. Nämlich als sie mich fragte, ob ich das vorhin im Krankenhaus ernst gemeint hätte, dass ich die Hühner befreien würde, weil sie – Livi – das ja nun mit Hinkefuß nicht kann.

Ob ich das ernst gemeint habe?

Ob ich das ernst gemeint habe, mitten im Dunkeln durch die halbe Stadt zu latschen, mich dann – lediglich mit einer Taschenlampe bewaffnet – durchs Gebüsch zu pirschen wie ein stinkiger Straßenköter, um zu überprüfen, ob die wilden Kampfbestien, die sonst das Gelände frei laufend bewachen, auch wirklich angeleint sind und der Zaun auch wirklich abgerissen ist, und dann die Türen zu öffnen …?

Moment mal! Wie öffne ich eigentlich die Türen zu dieser Eierfabrik? Die Schlüssel wird der Besitzer ja wohl kaum stecken lassen.

Oh, schon wieder was, das Livi nicht erwähnt hat. Denn das ist ja wirklich richtiger Einbruch! Womöglich würden Dodo und ich tatsächlich ins Gefängnis kommen. Und dann?

Aber selbst wenn wir nicht ins Gefängnis kämen, und selbst wenn wir diese Türen irgendwie knacken könnten, und selbst wenn ich bei dem grässlich stinkenden Geruch – der mir nach dem Öffnen ohne Zweifel sofort in die Nase steigen wird –, selbst wenn ich davon noch nicht ohnmächtig werden sollte – dann werde ich es doch ganz sicher, sobald ich die armen Viecher sehe. Denn – ehrlich – die Fotos haben mir schon gereicht! Die würden jedem an die Nieren gehen!

Also, wie war Livis Frage noch mal? Ob ich mein Angebot, dass statt Livi und Gregory *ich selbst die Hühner befreie*, wirklich ernst gemeint habe?

Was für eine komplett hirnrissig überflüssige Frage! Nein, natürlich habe ich das NICHT ernst gemeint. Wer um alles in der Welt hätte das wohl ernst gemeint! Ich bin doch kein Idiot! Jeder sagt doch wohl mal was im Überschwang des Moments und der Gefühle!

Aber was höre ich mich antworten, als ich in Livis hoffnungsvoll leuchtendes Gesicht blicke?

Meine dämliche, gutherzige Natur lässt meine Stimme doch tatsächlich klar und deutlich sagen: »Livi! Was denkst du denn von mir? *Natürlich* habe ich das ernst gemeint! Ich lasse dich und Gregory doch nicht hängen! Die armen Viecher von diesem grässlichen Hühnerquäler *müssen* befreit werden. Und das werden sie auch!«

Richtig grimmig und entschlossen habe ich geklungen. Richtig bewundernswert.

Ja, richtiger Mist ist das!

Denn nun hänge ich da. Und kann wohl kaum noch raus aus dieser Nummer. Jedenfalls nicht mit hoch erhobenem Kopf. Denn wenn eines kajalstiftklar ist, dann dass diese Hühner wirklich Hilfe brauchen.

Unbegreiflich, dass nicht schon längst jemand in dieser Richtung was getan hat. Ich meine, wie ignorant sind die Leute eigentlich? Da leben praktisch direkt neben ihnen

Tausende von unglücklichen Hühnern eingequetscht wie Rollmöpse in der Dose – und die interessieren sich echt für nichts anderes als ihre täglichen Einkäufe.

(Ähm, apropos ... Muss unbedingt Dodo fragen, ob sie es geschafft hat, genug von dem Wahnsinns-Body-Glanzpuder im Supersonderangebot zu erwischen!)

Aber wie auch immer, es ist auf jeden Fall ein Glück, dass es wenigstens Jugendliche wie Livi und Gregory gibt, die nicht weggucken, sondern handeln!

So wie ich jetzt! Jawohl!

Jawohl ...?

Na gut, da kann ich wohl wirklich nicht mehr kneifen, sondern werde mich dem – äh – Hühnermist stellen müssen.

Doch wie lautet schließlich eine von meinen und Dodos wunderbaren goldenen Regeln?

Verliere auch in schwierigen Situationen nie deine aufrechte innere und äußere Haltung. Tu alles kerzengerade und mit hoch erhobenem Kopf! Achtung vor dir selber ist die Voraussetzung für ein glückliches Leben! Mit dieser Einstellung wird nichts jemals schiefgehen.

Glücklicherweise achte ich mich ja schon von Natur aus sehr. Insofern bin ich mir sicher, dass ich sogar so eine kleine (ähm, wenn auch etwas lästige) Hühnerbefreiung hinkriegen werde. Dodo und ich haben schließlich schon ganz andere Sachen bewältigt.

Noch eine Regel lautet:

Sei immer vorbereitet! Worauf auch immer. Wenn du zum Beispiel den Mülleimer auf die Straße trägst, wäre es gut möglich, dass du deinen Traumboy triffst (der gerade spazieren geht). Und möchtest du dann aussehen wie ein Müllmädchen? Nein! Also: Gepflegt auf allen Wegen!

Das gilt natürlich auch für den Hühnerraub.

Ach, da fühle ich mich doch gleich viel besser. Dodos und meine goldenen Regeln sind einfach so was von genial und in wirklich *allen* Lebenslagen hilfreich!

Kenny

Zickezacke, Hühnerkacke, rettet den Speck!
Zickezacke, Hühnerkacke, hier spritzt der Dreck!
Zickezacke, Hühnerkacke, wer hat noch kein Versteck?
Zickezacke, Hühnerkacke, lauft schnell weg!

Diese blöden goldstaubigen Regeln von Tessa und Dodo sind echt schillerschrott.

Oder schillernder Schrott?

Jedenfalls Schrott! Totaler!

Gepflegt auf allen Wegen! Und: *Kopf immer hoch halten und den Rücken kerzengerade!* Haha! Wenn ich das beim Fußballspielen mit Sinan machen würde, würde der mir nur einen Vogel zeigen und mich fragen, ob ich vielleicht aufs Klo muss oder Zahnschmerzen hab.

Beim Fußball muss man kämpfen und sich ducken und angreifen und den Kopf tief legen (oder hoch – für einen Köpfer), und – echt – wenn man sich dafür die Augen rosa tuschen würde, würden einen die Jungs doch für komplett durchgeknallt halten.

Und ich möchte nicht, dass Sinan mich für durchgeknallt hält.

Ich habe Tessas goldstaubige Regeln gestern in der

Schule mit Bentje besprochen, weil … also, na gut, irgendwie dachte ich, weil Sinan ja echt so wenig Lust hatte, irgendwas mit mir zu machen (auch wenn er mir mal länger her diesen Brief geschrieben hat), dass ich es eben anders probieren müsste.

Und diese goldstaubigen Regeln hätten ja auch klappen können.

Haben sie aber nicht.

Bentje hat gleich gesagt, ich spinne, als ich in der Schule den grünen Nagellack ausgepackt habe, den ich von Tessa geklaut hab. Aber ich habe gesagt: »Man muss auch mal was wagen im Leben!« Ha! Ich fand, das klang gut.

Und dann habe ich es gewagt.

Aber so was Blödes, das ist echt gar nicht so einfach, mit diesem kleinen Pinsel, der in dem dummen Lack drin war, genau auf die Nägel zu treffen! Ich habe echt überall hin getroffen, aber leider nur ab und zu auf meine Fingernägel – und deshalb das kleine Fläschchen fast aufgebraucht. Jetzt ist das halbe Pult grün, außerdem mein ganzes Frühstücksbrot, Bentjes Nase …

Aber nur weil sie die immer so neugierig über meine Hände gereckt hat, um besser sehen zu können – na, das hat sie jetzt davon. Einen dicken Klecks auf ihrer eigenen Nase nämlich. Und wenn sie auf den runterschielt, sieht sie echt komisch aus. Das fanden die anderen in der Klasse auch sehr lustig!

Unsere Lehrerin fand das nicht so lustig. Aber noch weniger lustig fand sie die Flecken auf meinem Pult. Nun musste ich heute Morgen auch noch den Nagellackentferner von Tessa klauen, um den Tisch wieder sauber zu machen. Was Tessa bei den Massen von Flaschen und

Cremes, die sie in ihrem Zimmer verteilt hat, bestimmt gar nicht auffallen wird.

Aber weil natürlich so viel grüner Lack überall anders hingegangen war, haben die Jungs gar nicht auf meine hübschen Nägel geachtet – vor allem Sinan nicht! Na ja, so hübsch sahen die natürlich auch nicht wirklich aus. Also, obwohl, bestimmt gibt es Jungs, die halb lackierte Finger schön finden!

Sinan aber wohl leider nicht.

Nachdem er über Bentjes Nase und das Pult und mein Frühstücksbrot zu Ende gelacht hatte, ist er mit den anderen zum Fußball rausgegangen und hat meine Hände nicht mal mehr angeguckt. Tzzz, das hab ich jetzt von Tessas goldstaubigen Regeln! Die kann sie sich echt in ihre Faundäschn-Cremes schmieren!

Jedenfalls hatte ich dann überhaupt keine Lust mehr, die nächste Regel mit dem *Kopf-hoch!*-Mist noch auszuprobieren. Ich hab Sinan und den anderen einfach beim Fußball zugeguckt, bis Bentje mich in die Seite geboxt und gesagt hat: »Du wirst echt voll langweilig, Kenny, du! Wenn du nix anderes mehr spielen willst als Liebe, dann such ich mir 'ne andere Freundin!«

Toll! Wie nett ist das denn!

Da hab ich sie aber kräftig zurückgeboxt, so lange bis wir am Boden lagen und uns zu unseren grünen Flecken noch reichlich blaue dazugeholt hatten. Danach fühlten wir uns aber viel besser und lachten und schworen uns, dass wir für immer und immer Freundinnen bleiben würden. Ich mag Bentje echt gern!

Und plötzlich hab ich gesehen, dass Sinan aufgehört hatte zu spielen und nur noch am gegenüberliegenden Spielfeldrand stand und uns beobachtete. Und grinste.

Als Bentje und ich uns den Schneematsch aus den Haaren klopften und uns vom Boden aufrappelten, genau da grinste er.

Und da wurde mir so wunderbar warm ums Herz, dass ich mich nicht gewundert hätte, wenn der ganze Schnee einfach so weggeschmolzen und stattdessen tausend Blumen auf der Wiese gewachsen wären. Aber das habe ich Bentje lieber nicht gesagt. Sie steht ja nicht so sehr auf Liebe und den ganzen Kram.

Aber sie ist schlau.

Deshalb probiere ich heute in der Pause doch noch mal, mit ihr zu reden.

»Du, Bentje, weißt du eigentlich, wie man Jungs verliebt macht?«, frage ich mal so ganz unverbindlich.

»Klar«, sagt Bentje, »klar.«

»Und wie?«, frage ich schon etwas interessierter, und ich fürchte, ich reiße meine Augen dabei doch ziemlich gierig auf.

Bentje guckt schon etwas misstrauisch. »Sag ich nicht.«

»Weil du es gar nicht weißt!«, sage ich, weil ich natürlich hoffe, dass sie es doch weiß und mir dann endlich verrät.

»Weiß ich doch!«, sagt Bentje.

»Ach ja? Und woher?«, frage ich.

»Ich hab mal so 'n Buch gelesen«, meint Bentje, »da stand alles genau drin. Lauter Tipps, wie man richtig mit Jungen umgeht.«

»Ach, pffff«, mache ich, »so ein blödes Buch schreibt Tessa auch gerade. Aber ich glaube nicht, dass Bücher viel helfen.«

»Tun sie doch«, meint Bentje. »Mein Buch war jedenfalls richtig gut.«

»Und was stand da drin, wie man Jungen verliebt macht?«

»Sag ich nicht.«

Jetzt werde ich aber langsam böse. »Und warum nicht?«

Bentje guckt auch langsam böse. »Weil du sowieso schon seit Wochen an nichts anderes mehr denkst als an Sinan und Sinan und Sinan!«

»Und WENN?«, funkele ich sie an. »Was hast du eigentlich gegen Sinan?«

»Hab ich dir schon mal gesagt«, faucht Bentje zurück, »er ist ein Junge.«

Leider weiß ich darauf nicht wirklich was zu sagen. Denn Sinan *ist* natürlich ein Junge.

Und wie!

Sinan kann nicht nur Fußball spielen und raufen und superschnell laufen und echt freche Sprüche machen, er kann auch … lachen. Oh, und wie Sinan lachen kann! Da wird es einem so blubberwarm im Bauch, dass man selber sofort mitlachen muss und immer und immer weiterlachen möchte und beinahe gar nicht mehr aufhören kann zu lachen.

Dann allerdings guckt Sinan natürlich komisch. Und fragt, ob es einem noch gut geht. Na ja.

Aber das ist wohl nicht das Richtige, was ich jetzt Bentje sagen könnte.

Hm.

»Also schön, ich sag dir, wie du's machen musst«, gibt Bentje nach.

Ich gucke sie hoffnungsvoll an.

»Du musst rausfinden, was er gerne mag«, meint Bentje, »und dann musst du ihm sagen, dass er das ganz, ganz toll kann. Auch wenn er es *überhaupt* nicht toll kann.«

»Wieso?«, frage ich. »Dann merkt er doch, dass ich ihn auf den Arm nehme. Das ist doch nicht gut.«

Bentje zieht eine Grimasse und guckt mich fast mitleidig an. »Du weißt aber echt nicht viel über Jungs, was?«

Na ja, bei uns zu Hause wohnen ja nur Mädchen, außer Papa. Wie soll ich da wohl viel über Jungen wissen? Bentje dagegen guckt natürlich den ganzen Tag diese blöden Serien im Fernsehen, weil es bei ihr zu Hause ja voll langweilig ist. Und in den Serien kommen, glaube ich, immer eine ganze Menge Jungen drin vor.

»Jungen merken NIE, wenn du sie auf den Arm nimmst«, behauptet Bentje, »besonders nicht, wenn du sie für irgendwas lobst, was sie echt überhaupt kein Stück können.«

»Ja, aber meinst du nicht, dass die wissen, dass die das gar nicht gut können?«, frage ich. »Und meinst du nicht, dass die deswegen merken, dass du voll lügst, wenn du behauptest, dass sie echt ganz toll darin sind?«

»Nö«, meint Bentje, »die wollen nämlich alles gut können. Und deswegen glauben sie dir sofort, wenn du sie lobst.« Dann guckt sie mich scharf an. »Aber der Trick ist, dass sie dich danach mögen!«

»Wieso? Finden sie es nicht fies, dass ich sie angelogen habe?«

Ich glaube, ich verstehe wirklich nicht viel von Jungs.

»Quatsch!« Bentje lächelt noch mitleidiger. »Jungen sind eben Jungen. Wenn du ihnen sagst, dass sie voll behämmert Fußball spielen, sagen sie, dass du keine Ahnung hast. Wenn du aber sagst, dass du noch nie jemanden gesehen hast, der den Ball so perfekt dribbeln kann wie sie, dann glauben sie dir. Und finden dich total cool.« Sie nickt mir wissend zu. »So ist das mit Jungs. Kannst mir glauben!«

Tja. Bentje ist echt schlau. Das sagte ich ja schon. Und vielleicht hat sie da recht? Vielleicht sollte ich Sinan mal loben?

Aber womit? Was finde ich toll an Sinan?

Sein Lachen. Seine Lakritz-Augen.

Aber wenn ich sage: *Du kannst ja sooo toll lachen, Sinan!* Oder *Du kannst ja sooo toll aus deinen Augen gucken!*, dann klingt das doch beinahe wie aus einem von Mamas peinlichen Büchern, und ich bin nicht ganz überzeugt, dass Sinan mich danach wirklich cool finden würde.

»Hab ich doch schon gesagt«, meint Bentje allmählich etwas ungeduldig, »du musst was finden, was ER mag. Nicht was DU an ihm magst.«

»Ach so.«

Ich kriege allmählich das Gefühl, das mit den Jungs könnte etwas komplizierter werden, als ich bisher dachte. Das ist ja alles ziemlich verwirrend!

Wenn mir bloß was einfallen würde, was Sinan mag!

Das ist leider gar nicht so einfach. Mit zu uns nach Hause kommen, um Aurora anzugucken, wollte er jedenfalls nicht. Dabei mag Hühner doch beinahe jeder, oder?

Genau in diesem Moment marschiert Sinan rüber vom Fußballfeld – wo die Jungs jeden Tag spielen und gerade damit aufgehört haben – und genau auf uns zu. Mir bleibt beinahe das Herz stehen.

»Na, Kenny?«, sagt Sinan, als er uns erreicht hat. »Stimmt es, was Mete gestern Abend erzählt hat?«

Mete ist Sinans großer Bruder und geht in eine Klasse mit Tessa, in der Schule für die Großen.

»Woher soll ich das wissen?«, frage ich möglichst freundlich zurück. Ich will ja nicht, dass er gleich wieder wegläuft.

»Mete sagt, eure Mama geht heute Abend in eine große Fernsehshow, und er sagt, dass Tessa ihre Freunde eingeladen hat, da auch hinzukommen.«

»Mhmmm«, mache ich, »kann schon sein. Und?«

Wieso interessiert sich Sinan für Tessa?

»Darfst du dann auch Freunde mitbringen?«, fragt Sinan.

»Klar darf sie, klar!«, mischt sich jetzt Bentje ein und schiebt sich ein bisschen zwischen uns. »Mich bringt sie mit. Oder, Kenny?«

»Klar«, sage ich, »klar.«

Sinan sieht enttäuscht aus. »Und du kannst nicht *noch* jemanden mitbringen?«

Ich verstehe nicht, wieso er das wissen will.

»Kannst du nicht auch *mich* mitbringen?«, lächelt Sinan da sein supersüßes Lächeln, und mir wird sofort ganz blubberig im Bauch. »Ich war nämlich noch nie im Fernsehen und …«

Ich strahle übers ganze Gesicht. »Klar kann ich das, klar!«

Bentje guckt böse.

Sinan lächelt weiter sein himbeerbonbonleckeres Lächeln.

Und ich sage, dass er einfach heute Abend um sechs zum Essen zu uns kommen soll, dann können wir danach zusammen hinfahren.

»Super«, sagt Sinan, »echt super! Dann also um sechs.«

Und dann rennen wir schnell zu den anderen aus unserer Klasse rüber, bevor die Pause wieder zu Ende ist, weil die inzwischen angefangen haben, Verstecken zu spielen.

Romy rennt auf mich zu und tippt mich an. »Kenny ist!«

»Okay!«, rufe ich zurück.

Ich stelle mich vor die Turnhallenwand, halte mir die Augen zu und fange an zu schreien: *»Zickezacke, Hühnerkacke …«*

Oh, ich hab sooo gute Laune!

Malea

Ich bin an einem riesigen Strand. Die Wellen rauschen und die Gischt spritzt mir ins Gesicht. Ich bin müde. Ich schleppe mich den Strand entlang und will nur noch nach Hause. Aber es ist so mühsam, am Strand entlangzugehen, denn ich gehe nicht auf Sand, sondern wate durch Schlamm. Durch ekligen matschigen Schlamm. Rundherum nichts als Schlammwüste. Plötzlich ist auch noch das Meer weg und irgendwo weint jemand. Es klingt wie Iris. Einen endlosen Kilometer weiter winkt Tessa mir von einer Palme herunter und sagt, ich solle meine Hosen hochkrempeln, damit sie nicht dreckig werden, und ein bisschen Rouge auf meine Wangen tun, weil ich so blass sei. In diesem Moment joggt mir Gerold Grünberg im Matsch entgegen. »Hallo, Malea!«, ruft er. »Wollen wir nicht allmählich mit den Sportstunden beginnen?« »Nein«, rufe ich zurück. »Du kannst allein in diesem blöden Schlamm laufen!« Ihr könnt überhaupt alle alleine im Schlamm laufen!, denke ich böse und wische mir das Nasse aus dem Gesicht. Dabei merke ich, dass es gar nicht Iris ist, die weint, sondern ich selber.

Und dann wache ich auf.

Puh, Walter Walbohms alter Lieferwagen rüttelt ganz schön! In jeder Kurve fliegen Tessa und Javier und Ramón und Dodo und ich durcheinander. Gregory und

Livi, da vorne auf dem breiten Beifahrersitz neben Walter, verpassen den ganzen Spaß. Aber Walter meinte, dass sie auf ihre Verletzungen aufpassen müssten, und dass es schon verrückt genug sei, dass sie überhaupt mitkommen, statt sicher und warm zu Hause zu sitzen und dann mit Iris und Cornelius und Kenny und Bonbon-Bentje und diesem Sinan und Rema ins Fernsehstudio zu fahren, und dass sie deshalb zumindest sicher angeschnallt sein müssten.

Ins Fernsehstudio wollen wir natürlich auch noch. Später. Wenn wir diese Aktion hier hinter uns gebracht haben.

Walter hat Iris und Cornelius erzählt, er brauche dringend unsere Hilfe und dass wir deshalb erst etwas später nachkommen würden. *Wobei* er unsere Hilfe braucht, hat er nicht erzählt. Aber da Iris bereits den ganzen Tag so nervös war wie ein Rennpferd vor dem Start des weltgrößten Rennens (möchte mal wissen, was an dieser blöden *Blau nach zehn*-Show so aufregend sein soll!), hat sie das sowieso nur halb mitgekriegt und gemeint, dass wir ja auch gar nicht alle in unser Auto passen. Und dann hat sie sich auch noch bei Walter Walbohm bedankt!

Dass sie sich eigentlich dafür bedankt hat, dass Walter uns zu einer kriminellen Aktion mitnimmt, weiß sie natürlich nicht. Und da sie heute wirklich an Wichtigeres zu denken hat, wollten wir sie damit auch nicht weiter belästigen und womöglich von ihrem großen Tag ablenken.

»Und ihr seid euch sicher, dass die Zäune wirklich erneuert werden und die alten deshalb abgerissen sind?«, fragt Walter Walbohm am Steuer Livi zum hundertsten Mal.

Livi nickt.

»Und ihr seid euch genauso sicher, dass ihr gehört habt,

dass die gefährlichen, abgerichteten Wachhundebiester von diesem Kerl heute Abend angebunden sein werden?«, fragt Walter weiter.

»Absolut sicher«, sagt Livi beinhart und starrt mit entschlossenem Blick geradeaus in das Schneetreiben.

Walter Walbohm nickt nun ebenfalls und atmet beruhigt aus. »Gut, gut. Dann kann ja nichts schiefgehen.«

»Absolut nichts«, bestätigt Livi.

Mann, Livi ist ja anscheinend auch ein richtiger Profi! Hätte ich nicht gedacht. Meine eigene Schwester ein Spionier- und Beschattungsprofi!

Aurora gackert in ihrem Korb aufgeregt vor sich hin. Ob sie ahnt, dass eine große Aufgabe auf sie wartet? Walter hielt es für eine gute Idee, sie mitzunehmen, damit sie die neuen geretteten Hühner beruhigen kann. Schließlich hat sie all das ja ebenfalls hinter sich.

Ihr Korb steht sicher eingeklemmt zwischen den Hühnerkäfigen, die Walter Walbohm noch von seinen früheren Hühneraktionen aufgehoben hatte, sodass Aurora – im Gegensatz zu uns – nicht in jeder Kurve von einer Seite des Wagens zur anderen geschleudert wird.

Ich kann nicht glauben, dass wir das hier tatsächlich machen! Und dass ausgerechnet Tessa mich dazu überredet hat! Aber als gute Schwester konnte ich natürlich weder Tessa noch Livi hängen lassen. Wenn es hart auf hart kommt, muss man zusammenhalten.

Das muss sich Cornelius heute wohl auch gedacht haben. Denn seit gefühlten hundert Wochen ist dies der erste Tag, an dem er nicht ständig Iris anraunzt und sie sich dann streiten. So wie gestern. Da habe ich gehört, dass es irgendwie mit Cornelius' Band Rainbow zusammenhängen muss.

Ach, grässliche Geheimdienstwelt! Ich wünschte so sehr, ich hätte diese matsch-ekligen Erzählungen von Frau Dornkater nicht mit anhören müssen! Denn mir ist meerwasserklar, dass natürlich genau das der Grund für die Streitereien ist. Iris muss irgendwie ahnen, dass Cornelius was mit einer anderen am Laufen hat. Und dass irgendwie die Band damit zu tun hat. Kein Wunder, dass sie sauer auf ihn ist! Kein Wunder, dass sie ihm vorwirft, zu viel Zeit mit seinen Kumpeln zu verbringen statt mit ihr! Wenn es doch nur *Kumpel* wären ...

Und Cornelius? Statt sich zu entschuldigen und sich endlich von seiner, beziehungsweise meiner doofen Matsch-Lehrerin zu verabschieden, tut er nur so, als ob Iris komplett spinne und sagt, dass er sie genauso liebe wie am ersten Tag und dass sie ihm seine Musik gönnen solle. (Okay, ich geb ja zu, ich hab gestern wirklich etwas genauer hingehört.)

»Männer!«, hat Iris geschnaubt.

Und das kann man ja wohl verstehen. Was soll man auch sonst auf solche mageren Ausreden sagen?

Väter sind eben auch nur Männer. Aber wie traurig ist das denn? Sollte Cornelius nicht – verdammt noch mal – vor allem daran denken, dass er vier Töchter hat und dass die ein Recht auf glückliche Eltern haben?

Wie kann Cornelius nur so herzlos Iris betrügen? Wieso betrügen Menschen überhaupt?

Na schön, dieser unglaubliche Gerold Grünberg meinte ja am Mittwochnachmittag, als Frau Dornkater und Frau Meyer-Buchsbaum mich in seinem Büro abgeliefert hatten, dass ich auch versucht hätte, zu betrügen. Und zwar nicht nur Frau Heinzig, sondern auch alle meine Mitschüler.

Hm, also, na gut, so hatte ich das noch gar nicht gesehen. Aber natürlich, es stimmt, die anderen in meiner Klasse haben nicht die gleichen Chancen wie ich, wenn ich die Fragen alle vorher schon weiß. Und – na gut – vielleicht hätte ich dann tatsächlich ein kleines bisschen sogar Miri und Lasse und Sophie und die anderen betrogen. Obwohl ich das ja echt nicht böse gemeint hab.

Seufz. Es ist wirklich eine verflixt komplizierte Sache mit dem Betrügen.

»Malea!« Tessa, die an die gegenüberliegende Lieferwagenwand gelehnt sitzt, stupst mich mit ihrem Stiefel an. (Ist die eigentlich bescheuert, hockhackige Wildlederstiefel für einen Einbruch zu tragen? Also Tessa ist auf jeden Fall KEIN Profi!) »Malea! Jetzt mach endlich mal ein freundlicheres Gesicht! Dieser Grünberg wird uns am Montag schon nicht den Kopf abreißen. Irgendwie kriegen wir das schon wieder hin!«

Montag? Ach ja, das ja auch noch! Umpfff. Diese blöde Panne hatte ich schon wieder ganz vergessen.

Dodo kichert. »Jetzt sieht sie noch vergrunzter aus!«

Ich gucke Dodo bitterböse an. Obwohl es ja eigentlich total nett von ihr war, das Risiko mit dem Leiterklettern für mich einzugehen, bloß damit ich eine gute Arbeit schreibe.

Und die habe ich ja auch geschrieben. Nur dass es nicht viel genützt hat. Oh, oh, oh …!

»Was ist denn mit Malea?«, fragt Walter Walbohm freundlich nach hinten. »Irgendwas nicht in Ordnung?«

»Doch, doch«, antworte ich lahm. »Ich denk nur so ’n bisschen nach.«

Tessa zieht eine Grimasse. »Denk nicht zu viel nach, sonst endest du noch wie Livi!«

»*Was* ist mit mir?«, fragt Livi und dreht sich zu uns im Laderaum um.

»Nichts«, behaupten Tessa, Dodo und ich wie aus einem Mund.

Zum Glück ist der Motor des alten Lieferwagens so laut, dass Gregory und Livi vorne nicht alles hören können.

Javier und Ramón grinsen und schütteln bloß den Kopf.

»Ist es noch weit?«, frage ich mal so in die Menge.

»Wir sind gleich da«, antwortet Walter Walbohm. »Ich parke den Wagen am besten in einer Nebenstraße, damit keiner darauf aufmerksam wird.«

Javier gibt Tessa einen dicken Kuss.

Ach, die beiden! Wie nett, dass wenigstens unsere anderen Verliebten glücklich sind und sich nicht dauernd nur streiten!

Und was für ein Glück, dass heute endlich mal Henry nicht dabei ist! Denn sonst würde Javi bestimmt nicht so entspannt und gut gelaunt aussehen.

»Wir sind da!«, ruft Walter Walbohm und zieht mit einem Ruck die Handbremse an. »Alles aussteigen! Es geht los!«

Uuuh, nun kribbelt es doch ziemlich in meinem Bauch! Und für einen Moment sind mir Iris und Cornelius fast egal. Wir sind da! Wir werden gleich richtig vollprofimäßig einbrechen! Und arme Hühner retten!

Wie aufregend ist das denn!

Tessa

In der Dunkelheit muss man komplett umdenken. Das ist gar nicht so leicht. Manche Klamottenfarben sehen dann nämlich einfach nur dunkel aus und sind kaum voneinander zu unterscheiden. Wenn man dann noch vorhat, irgendwo einzubrechen, ist der ideale Dresscode wirklich schwer zu finden, das kann ich aber versichern. Allerdings wäre ich nicht Tessa-Tiara Martini, wenn ich nicht auch dafür eine Lösung hätte!

Och, nee! Kann ja wohl nicht wahr sein! Hab ich mir etwa schon die erste Laufmasche geholt, noch bevor wir mit diesem albernen Einbruch überhaupt angefangen haben? Das glaub ich einfach nicht! Kann Walter Walbohm nicht ein bisschen aufpassen, wo er parkt? Dämliches Gebüsch!

Stockdunkel ist das hier. Abgesehen von dem kugelrunden Mond, der zwischen den Wolkenschwaden immer wieder hell aufleuchtet wie eine Glühbirne, und dem Schnee, der den Mondschein gespenstisch reflektiert.

Uhuu, wo ist denn Javis Hand?

Wieso hat mir eigentlich niemand gesagt, dass Einbrechen auch unheimlich ist? Vielleicht sollte einer von uns lieber im Auto bleiben und zur Sicherheit darauf aufpassen? Schätze, in dieser Gegend laufen eine Menge Diebe herum. Vielleicht… könnte das ja ich machen?

»Alles klar, Tessa?« Livis entschlossenes Gesicht schaut mich besorgt an. »Du klapperst ja mit den Zähnen!«

Tue ich? Blödsinn! *Kopf hoch und keine Blöße geben!* Auch eine von Dodos und meinen goldenen Regeln. Ich klappere grundsätzlich NIE mit den Zähnen. (Soll auch echt schlecht für den Zahnschmelz sein!)

»Kein Wunder, so dünn wie sie angezogen ist«, meint Walter Walbohm und guckt mich noch besorgter an.

»Mir geht's wunderbar!«, versichere ich und streiche meinen Mini glatt.

Außerdem bin ich *optimal* angezogen. Genau dem Anlass gemäß. Perfekt wie immer. Schwarzer Lederrock, schwarze Stiefel, schwarze Netzstrümpfe und meine coole Bikerjacke. Also praktisch Tarnkleidung. Dezent und angemessen. Wer möchte bei einem Einbruch schon overdressed sein?

»Los, dann!«, kommandiert Gregory und humpelt mit seiner Beinschiene mutig voraus.

Neben ihm holpert Livi mit ihrem Gips über die dünne Schneeschicht auf der menschenleeren Straße. (Ist mir unbegreiflich, wie sie sich für einen langweilig blauen Gips entscheiden konnte, wo sie auch Pink oder zartes Lila hätte haben können! Auch Pastellgelb ist in diesem Jahr ziemlich angesagt – und sie hätte dazu echt klasse ihre alten kaffeebraunen Cordhosen tragen können und damit sogar beinahe hip ausgesehen.)

Malea schleicht in gebückter Haltung samt Aurora im Korb dicht hinter den beiden her. Dabei guckt sie sich ständig nach rechts und links um, als ob sie befürchte, dass gleich ein Werwolf aus den Hecken springen könnte.

Also, Iris und Cornelius sollten der echt mal Fernsehverbot geben!

(Ob es eigentlich wirklich Werwölfe gibt?)

Ich drücke mal Javis Hand etwas fester und schiele zu Dodo rüber.

Huch? Halten Dodo und Ramón da etwa auch Händchen? HA! Wozu ein kleiner nächtlicher Hühnerraub doch gut ist! Hurra! Endlich!

Dodo lächelt mir verschwörerisch zu. Und ich lächele zufrieden und verschwörerisch zurück. Wie wunderbar, dass wir vier nun endlich perfekt zusammen sind!

Javi drückt ebenfalls meine Hand und gibt mir dann noch einen Kuss.

Ach, schööön! Ich komme allmählich in richtig nette Einbruchstimmung!

Hinter uns kämpft Walter Walbohm mit den Hühnerkäfigen und versucht, mit uns Schritt zu halten, bis ihm Javier und Ramón schnell helfen. Die Hühner sollen schließlich nicht einfach nur befreit werden und dann in alle Richtungen davonlaufen, sondern schnell und sicher zum Tierschutzbund gebracht werden.

»Hier stellen wir sie erst mal ab!«, bestimmt Walter Walbohm, als wir das Gelände erreicht haben.

»Wo sind die Hunde?«, haucht Dodo und starrt ängstlich ins Dunkle.

Ja, das wüsste ich auch gern.

Direkt vor uns liegt die riesige Halle, in der die Hühner anscheinend gefangen gehalten werden. Davor ist ein breiter Streifen, der vielleicht mal grasbewachsen war, aber jetzt nur aus Schlamm und Schneematsch besteht. Die drei Meter hohen Stacheldrahtzäune, die sonst das Gelände von neugierigen Besuchern abschirmen, sind tatsächlich abmontiert und liegen vor uns im Schnee.

»Seht ihr!« Livi guckt sich triumphierend um.

»Schschttt!«, macht Walter Walbohm warnend. Der Ärmste hat ja schon so viel Ärger mit der Polizei gehabt, dass er wirklich keinen weiteren braucht.

Ähm, wir natürlich auch nicht.

In meinem Magen rumort es etwas. Und ziept. Und …

Ich straffe meine Schultern, fasse Javis Hand noch fester und denke an Dodos und meine goldenen Regeln. Jetzt bloß nicht klein beigeben!

»TOOOOOCK!«, macht es empört aus Auroras Korb.

»SCHSCHSCHTTTT!«, machen wir alle panisch zurück, sodass sich Aurora in ihrem Korb beleidigt ganz klein macht und ihren Schnabel unter die Federn steckt.

Javier, Dodo, Ramón, Walter Walbohm, Malea, Gregory, Livi und ich atmen erleichtert auf. Und ich muss beinahe grinsen. Na, so was! Die anderen sehen auch nicht gerade entspannt wie im abendlichen Badewannen-Schaumbad aus!

Schaumbad … Ach, wie schön wäre jetzt ein …! Es ist doch mächtig kalt hier! Aber stopp, vielleicht sollte ich versuchen, an was anderes zu denken.

Oh Gott, und das tue ich direkt im nächsten Moment ganz ohne Probleme. Denn jetzt sehe ich die riesigen Kampfhunde!

Wir alle sehen sie!

Ja, Livi hatte vollkommen recht – mit dem Zaun. Denn der ist nicht mehr da und trennt das Gelände tatsächlich nicht mehr von der Straße und von uns. Aber dummerweise auch nicht von den BESTIEN! Denn mit den bellenden Kampfmaschinen hatte sie leider nicht recht. *Denn die* sind NICHT angebunden!

Und galoppieren jetzt im Mondlicht mit gefletschten Zähnen wüst knurrend auf uns zu.

Kenny

Manchmal ist das Leben einfach schön! Alles glänzt und glitzert, und der Bauch piekst und blubbert, und neben einem sitzt einer, der riecht wie Apfelkuchen mit Schlagsahne und fühlt sich an wie ein weiches und warmes und frisches und powerpinkiges Kissen. Mit Lakritzhaaren, Lakritzaugen und Erdbeermund. Und ist das gut oder ist das gut?

So ein Fernsehstudio ist echt voll bunt und glitzerig und vollgestopft mit lauter komischen Menschen. Die sieht man vor dem Fernseher zu Hause gar nicht.

Überall wuseln Leute mit Papieren und riesigen Kameras und langen Leuchten und anderen Sachen rum. Und in der Mitte des Raums stehen drei fette blaue Sofas. Auf einem davon wird später wohl Mama sitzen.

Bentje und ich und Sinan haben gerade mal die ganzen Kameras gezählt, es sind genau sieben. Sieben Kameras für zwei Frauen und drei Sofas, ist das nicht etwas viel? Vielleicht haben die Angst, dass sechs von denen kaputtgehen könnten?

Sinan kriegt seine riesigen Kulleraugen überhaupt gar nicht mehr zu. Er staunt und staunt und staunt.

Bentje staunt nicht ganz so viel, weil sie vollauf damit beschäftigt ist, böse zu gucken, bloß weil Sinan mitgekommen ist. Außerdem müssen wir uns zu dritt zwei Plätze teilen, weil die Fernsehleute zu spät gehört hatten, dass Sinan auch mitkommt und deshalb kein Sitz mehr für ihn frei war. Ich finde das natürlich superklasse, weil es wunderbar kribbelig und warm ist, sich ein bisschen an Sinan ranzudrängeln. Bentje findet das natürlich nicht. Deshalb sitze ich sicherheitshalber zwischen den beiden.

Als wir reinkamen ins Studio, sind wir erst ungefähr hundert Mal über Kabel gestolpert. Mann, wenn Papa manchmal Livi anmeckert, dass in ihrem Zimmer so ein Kabelsalat ist, dass man gar nicht mehr richtig staubsaugen kann, dann wundert mich, dass er hier nichts gesagt hat. Aber Papa sitzt nur ganz brav mit gefalteten Händen auf seinem Platz und sieht aus wie ein süßes Hündchen, das auf sein Fressi wartet. Hihihi! Gar nicht wie der Knurr- und Bell-Papa sonst.

Mama ist gleich am Eingang von so einem Typi woandershin gezogen worden, um *aufgehübscht* zu werden, wie Rema lächelnd gesagt hat.

So was Dämliches! Mama braucht doch gar nicht aufgehübscht zu werden. Sie ist doch nicht Tessa. Mama sieht auch ohne Aufhübschen voll hübsch aus.

»Im Fernsehen würde sie ohne Schminke aber zu blass aussehen«, hat Bentje da gemeint. »Das liegt an den hellen Scheinwerfern.«

Was Bentje alles weiß!

Da hab ich aber gesagt: »Dann sollen sie doch die blöden Lichter ausmachen! Ich will nicht, dass meine Mama aussieht wie deine Puppe Schacklien, wenn du Schönmachen spielst!«

Da hat Bentje das erste Mal gekichert. Und Rema in der Reihe hinter mir auch.

Neben Rema und Papa sind noch acht Sitze frei für Gregory und Livi und die anderen, die wegen irgendeiner wichtigen Sache noch mit Walter Walbohm wegmussten. Keine Ahnung, was heute Abend so wichtig sein kann, wo doch Mama endlich berühmt wird! Aber sie haben versprochen, rechtzeitig zum Beginn der Sendung zurück zu sein.

Rema guckt ständig auf ihre Uhr und wird allmählich nervös. »Das dauert aber lange. Ich verstehe gar nicht, wo die bleiben!«

»Wo *wer* bleibt?«, fragt Papa ahnungslos.

Ich wette, Papa hat noch gar nicht gemerkt, dass sieben von uns noch fehlen.

»Na …«, fängt Rema an, aber dann macht sie eine wegwerfende Handbewegung. »Ach, egal! Oh, guckt mal, jetzt geht's los. Da ist Sibylle!«

»*Die* sieht ja komisch aus«, staune ich, als Sibylle Hahn von irgendwo hinter den hohen Wänden hervorkommt und ins Scheinwerferlicht stolziert und dick und fett in eine Kamera lächelt, die fast direkt vor ihr steht. »Ganz anders als morgens, wenn sie im Bademantel in der Tür steht und Gregory nachwinkt.«

»Ja, ja, ja, es ist nicht alles schon morgens Gold, was abends glänzt!«, wispert Rema mir leise zu und zieht ihre Augenbrauen hoch.

Leider kapiere ich nicht wirklich, was sie meint.

»Hihihi«, kichere ich trotzdem, denn Sibylle Hahn glänzt ehrlich wie eine frisch polierte Speckschwarte in gold. Goldbraun angebraten.

Dann höre ich auf zu kichern, weil ich mir plötzlich

Sorgen mache, dass Mama gleich genauso aussehen könnte.

Wo ist Mama eigentlich?

Livi

Ich denke oft an Daniel. Denn Daniel ist natürlich einfach der tollste Junge, den ich kenne! Aber wenn es hart auf hart kommt, dann denke ich an Gregory. Merkwürdig eigentlich …

Ich dachte, ich sterbe, als die Kampfhunde in vollem Galopp auf uns zupreschten. Gregory und ich hatten doch genau gehört, wie der Besitzer vor einer Woche zu einem seiner Angestellten gesagt hatte, dass sie fest angebunden sein sollen, wenn der Zaun runterkommt. Dass er keinen Ärger haben wolle. Und dann das!

Erst als sie nur noch wenige Meter von uns entfernt waren, sahen wir, dass hinter ihnen die Enden von Lederbändern im Wind flatterten. Sie mussten die Leinen durchgebissen haben, diese Bestien!

Gerade wollte ich Gregory zuflüstern, dass ich ihn echt richtig, richtig gernhabe, und dass ich mich freue, dass wir all die Zeit so gut befreundet waren – ich meine, was sagt man, wenn man nur noch wenige Minuten zu leben hat? Und wann sollte man es sonst sagen, wenn nicht in einem solchen Moment?

Leider kam aber nur ein heiseres Krächzen aus meiner Kehle.

Gregory neben mir muss möglicherweise ähnliche Gedanken gehabt haben, denn ich hörte ihn deutlich wispern: »Livi! *Li-vi*!«

Und dann griff er nach meiner Hand. Und drückte sie. Und ich weiß genau, dass das kein Angstdrücken war, denn Gregory ist alles andere als ein Angsthase. Es war eher ein … na ja, eben ein *Ich-mag-dich-sehr-und-auf-Wiedersehen*-Drücken.

Mir wurde schlecht.

Der Gedanke durchzuckte mich, dass nicht nur Tessa, sondern auch meine kleine Schwester Malea hier war, und ich weiß genau, dass ich mindestens zwei Sekunden dazu nutzte, mir Vorwürfe zu machen, dass ich beide hierher geschleppt hatte.

Das Nächste, an was ich mich erinnere, ist Walter Walbohms Stimme: »Weg hier! Lauft alle weg! Ich halte sie auf!«

Und wirklich stolperte er mit seinen Hühnerkäfigen nach vorne, um sich und die Käfige vor die Hunde zu schmeißen, in der irrsinnigen Hoffnung, uns damit zu retten.

Ich hörte Tessa quietschen: »Nein! Walter, nein!«

Und dann – dann kam der schwarze Blitz!

Wie aus dem Nichts.

Er zischte mit etwa neunzig Stundenkilometern von hinten mitten durch uns hindurch, nietete dabei Malea um und fegte ihr den Korb mit der armen Aurora aus der Hand. Aurora flatterte erschrocken heraus und gackerte aufgeschreckt im Mondlicht herum, was die ganze Situation noch reichlich unübersichtlicher machte.

Der schwarze Blitz versuchte, vor den beiden Kampfmaschinen abzubremsen, knallte aber stattdessen mit schätzungsweise immer noch neunundachtzig Sachen voll auf sie drauf. Einen Augenblick lang lagen alle drei benommen am Boden.

Ich nehme an, wenn wir alle vernünftig genug gewesen wären, hätten wir diesen Augenblick genutzt, um abzuzischen. Na ja, zumindest die anderen. Gregory und ich hätten mit Schiene und Gips natürlich nirgendwohin laufen können und wären bei unserem Humpeltempo so oder so verloren gewesen.

Doch wir alle blieben wie angewurzelt stehen.

Das Nächste, was passierte, war, dass wir aus weiter Entfernung eine Stimme hörten – weit, weit hinter uns die Straße runter –, die schrie: »Hase! HAAASE, HIIIIERHER!«

Ich weiß nicht, ob die anderen schneller begriffen. Ich jedenfalls hörte die Stimme, und ich sah den schwarzen Blitz vor mir zwischen den ausgeknockten Kampfmaschinen liegen, aber ich kriegte einfach nicht auf die Reihe, wo der logische Zusammenhang war.

Bis ich mich umdrehte und hinter mir Henry keuchend auftauchte.

»HASE!«, schrie er mit schreckgeweiteten Augen. »HAAASE! NEIN!«

Mit vereinten Kräften konnten wir ihn gerade noch davon abhalten, sich nach vorne zu den drei Hunden zu stürzen.

»Bist du verrückt?«, quietschte Tessa. »Die werden ihm schon nichts tun. Er ist doch ein Hund und kein Einbrecher!«

»Qué va! Blödsinn!«, raunzte Ramón dagegen trocken. »Die machen Hühnerstrrreu aus ihm! Das sind doch keine norrrmalen Hunde!«

Sofort wollte sich Henry wieder losreißen, um seinem Hase zu Hilfe zu kommen, aber nun kam auch Walter zurück und stellte sich ihm in den Weg. »Hiergeblieben! Abwarten!«

Und das taten wir. Und sahen das Unglaublichste, was ich je gesehen habe.

Der schwarze Hase rappelte sich als Erster wieder hoch. Auf etwas wackeligen Beinen beugte er seinen Kopf über die am Boden liegenden Kampfbestien und schnüffelte interessiert. Das brachte ein wenig Leben in die beiden Wachköter zurück.

Sie hoben ihre Köpfe und schnüffelten zurück. Dann ließen sie ihre Köpfe wieder auf den Boden sinken. Offensichtlich brummte ihnen ernsthaft der Schädel nach dem Aufprall. Widerstandslos ließen sie es über sich ergehen, dass Hase sie jetzt aufgeregt schnüffelnd umrundete und ein besonderes Interesse an den hinteren Enden ihrer Körper zeigte.

»Was macht er denn da?«, fragte Malea völlig verblüfft.

Doch über Henrys Gesicht ging das erste Mal ein erleichtertes Lächeln. »Oh, Mann! Oh Mannomann, ich glaube, das sind … das sind Hündinnen!« Er drehte sich zu uns um. »Kapiert ihr? Das sind Mädchen!«

Die Kampfhundemädchen ließen einen tatsächlich sehr mädchenhaft klingenden Seufzer hören. Was ziemlich bizarr war, wenn man sich vorstellt, dass sie gerade eben mitten in einem Terrorangriff gestoppt worden waren. Doch sie schienen uns völlig vergessen zu haben.

Stattdessen schien Hases Schnüffelei ihnen neues Leben einzuhauchen. Ruckzuck rappelten sie sich jetzt ganz auf, reckten sich zu voller Größe, streckten ihren Rücken (so wie Tessa, wenn sie versucht, irgendwelche Jungen zu beeindrucken) und schienen geradezu versessen darauf zu sein, dass Hase weiter und weiter an ihnen schnüffelte.

Wir konnten unser Glück kaum fassen!

»Madre mia!«, stöhnte Javier, der immer noch halb vor Tessa stand. »Meine Güte! Das warrr knapp!«

Das erste Mal, seit ich denken kann, guckte er Henry dabei freundlich an und schien ausgesprochen froh, ihn zu sehen.

Und was waren wir anderen erst froh!

»Henry, Junge! Was um alles in der Welt machst du hier?«, fragte Walter Walbohm. »Wusstest du, was wir vorhaben?«

Henry machte ein Gesicht wie ein Fragezeichen. »*Vorhaben?* Was habt ihr denn vor?«

Erst jetzt bemerkte er die Hühnerkäfige und unsere dunkle Aufmachung. »Ihr wollt doch nicht etwa ...?«

»Bist du uns hinterhergeschlichen?«, fragte Malea interessiert.

(Sie geht vermutlich davon aus, dass Hinterherschleichen das Hobby von praktisch jedem Menschen ist.)

»Quatsch«, antwortete Henry. »Hase ist nur mal wieder abgehauen. Aber weil er in die völlig falsche Richtung abgehauen ist – ich meine, nicht zu eurer Straße, sondern hierher, in die total entgegengesetzte Richtung –, da hab ich gedacht, ich sollte lieber mal hinterher, bevor er noch verloren geht.«

»Ausgezeichnete Idee!«, meinte Walter Walbohm anerkennend und klopfte Henry auf die Schulter. »Und einen wirklich gut trainierten Hund hast du da! Dass der seine liebe Aurora sogar aus so großer Entfernung wittert.«

»Trainiert?« Henry guckte, als hätte ihn ein Zwergpinscher gebissen. »Der tut ganz sicher nur, was er selber will.«

Doch genau in diesem Moment wollte Hase ganz offensichtlich nicht Aurora, sondern neue Freundinnen finden. Und sogar gleich zwei.

Es gab da aber noch diese alte Freundin, der das überhaupt nicht in den Kram passte. Und das machte sie auch ohne viel Federlesens äußerst deutlich klar.

»TOOOOOCK!«, gackerte Aurora in voller Lautstärke empört, bevor sie mit weit ausgebreiteten Flügeln mitten hinein in die traute Schnüffelrunde der drei großen Hunde flatterte. »Tock-tock-tock-toooOOCK!«

Oh, was für ein Glück, dass Aurora zumindest für kurze Strecken flatternd vom Boden abheben kann. Denn sonst hätte sie jetzt etliche weiße Federn weniger gehabt und die beiden Kampfhundemädchen etliche weiße Federn mehr in ihren Mäulern. Dabei schienen sie an Aurora selber gar nicht sehr interessiert zu sein, an Hennen waren sie ja ohne Frage gewöhnt. Nein, sie wollten offensichtlich nur den hübschen Hase ganz für sich allein haben und ihn auf keinen Fall teilen. Schon gar nicht mit einem Huhn!

Schnell war klar, dass die Gefahr gebannt war und dass die vier sich noch eine ganze Weile mit sich selbst beschäftigen würden und uns längst vergessen hatten, aber ich hätte ihnen noch stundenlang zuschauen können.

Gregory und Walter Walbohm hatten aber nicht vergessen, weswegen wir eigentlich gekommen waren.

Die morsche Tür der Halle aufzubrechen, war ein Kinderspiel für Walter und seine Profi-Einbruchzange. Drinnen einen Lichtschalter zu finden, damit wir die Hühner auch sehen konnten, war schon ein etwas größeres Problem.

Blöderweise quiekte Tessa plötzlich auf und zeitgleich

hörten wir ein sehr lautes Knirschen, so als ob jemand in einen großen Stapel Eierkartons gefallen wäre.

Dann endlich fand Ramón den Lichtschalter, und siehe da, es war tatsächlich jemand in einen Stapel Eierkartons gefallen! In einen sogar ziemlich großen Stapel Eierkartons mit lauter frischen Eiern!

»IIIiiih, neeeee!«, quietschte Tessa. »Iiih, nee, oh nee, oh neeee!«

Die Ärmste stand breitbeinig in ihren Netzstrümpfen und mit abgespreizten Armen und auftoupierter Frisur vor uns. Dicke Klumpen von weichem Eidotter tropften von ihren Haaren bis zu den Stiefeln herunter auf den dreckigen Boden. Sogar Walter Walbohm hatte Mühe, sein Kichern in ein glaubwürdig klingendes Husten zu verwandeln. Tessa sah so unglaublich aus, dass sie mir fast schon leidtat. Aber wir konnten nicht anders, wir lachten, bis uns die Tränen kamen.

Gregory riss sich als Erster wieder zusammen. »Los, Leute, jetzt aber die Hühner! Jeder greift sich vorsichtig eine Henne und dann rein damit in die Käfige! Wir brauchen Beweismaterial für den Tierschutzbund.«

»Bääääh, die Ställe hier sind ja obereklig dreckig!«, beschwerte sich Dodo und wich sofort zurück. »Die fass ich nicht an!«

»Am besten holt Tessa die Hühner raus«, schlug Malea grinsend vor, »bei ihr macht ein bisschen mehr Matschpampe sowieso nichts mehr aus.«

Da mussten wir leider wieder alle so lachen, dass weitere wertvolle Minuten verstrichen. Aber schließlich hatten wir genug arme, halb tote Hühner in unseren Käfigen und waren fertig zum Abmarsch.

Tessa stand die ganze Zeit über wie schockgefroren am

selben Platz. Vermutlich dachte sie, wenn sie sich nicht bewegte, würde sie den ganzen Eiermatsch auch nicht spüren.

Javier und Dodo versuchten ihr Bestes, um mit Papiertaschentüchern die Eiersuppe zu entfernen, aber mit den kleinen Tüchlein schienen sie alles nur noch gleichmäßiger zu verteilen.

Tessa machte ein Gesicht zum Herzerweichen.

»Also, mit einer Sache kannst du dich trösten, Tessie«, meinte Malea. »Wenn wir gleich in die Fernsehshow gehen, werden ganz sicher alle Kameras nur auf dich gerichtet sein. Und das wolltest du doch, oder?«

Oh, aber da kam doch noch Bewegung in Tessa! Sie stürzte sich, ohne zu zögern, auf Malea und begrub sie unter sich und dem Eiermatsch, bis sie beide nur noch eine einzige gleichmäßig gelbglibberige Soße waren.

Na ja, nun werden die Kameras wohl auf zwei meiner Schwestern gerichtet sein!

Tessa

Oh, es gibt Momente im Leben, da kann man sich an nichts anderem festhalten als an der Hand eines netten Jungen und an eisernen Regeln: Niemals die Haltung verlieren! Niemals die Haltung verlieren! Niemals …

Wenn Malea noch *eine* weitere dämliche Bemerkung macht, die *überhaupt gar nicht* witzig ist, dann gehe ich ihr an die Gurgel und würge sie vor allen Leuten, bis sie grüne Flecken im Gesicht hat. Was zu viel ist, ist zu viel!

Womit habe ich das verdient?

Da riskiere ich Kopf und Kragen für meine Schwestern – erst für Malea und jetzt auch noch für Livi – und was ist der Dank? Eiermatsch und Spott!

Ich kann einfach nicht glauben, dass ich in die erste Fernsehshow meines Lebens in zerrupften Strümpfen und über und über bekleckert mit gelbem Dotter und ekligen Eierschalen gehe! Ich WILL es einfach nicht glauben! Das Leben ist SOOO ungerecht!

Javi, Dodo, Ramón und Henry haben im Lieferwagen versucht, mich zu trösten. Aber wie könnte man nach so einem Schlag noch getröstet werden? Ich meine, kann man sich Schlimmeres vorstellen?

Es hat noch endlos gedauert, bis wir Hase von seinen neuen Freundinnen losgerissen hatten. Und die beiden Hündinnen jaulten ganz jämmerlich, als wir ihn schließlich in den Lieferwagen verfrachtet hatten, weil sie nicht mehr an ihn rankamen. An uns hatten die Kampfmaschinen nicht mehr das leiseste Interesse. Ich sag's ja, die Liebe ist immer das Wichtigste!

Zum Glück! Denn auf hübsch blutende Bisswunden-Accessoires zu meinem Eierdotter-Eierschalen-Hühnerfeder-Outfit kann ich wahrhaftig verzichten!

Aurora wollte sich in ihrer Wut nämlich noch weniger vom Ort der ärgerlichen Liebeskonkurrenz trennen und flatterte so wild herum, dass die Federn nur so durch die Gegend stoben und – danke! – überall an mir, beziehungsweise meinem Eiermatsch festklebten. Und ich jetzt aussehe wie frisch von der Miss-Huhn-Wahl kommend! (Haha, ich wünschte, das wäre lustig!)

Jetzt sind wir jedenfalls mindestens eine Stunde später dran als geplant, weswegen sich die anderen auch geweigert haben, noch rasch bei uns zu Hause vorbeizufahren, damit ich mich wenigstens umziehen kann. Was bei mir zu einem weiteren kleinen Tobsuchtsanfall hinten im Lieferwagen führte! Gut – ich möchte natürlich genauso wenig Iris' erstes (und möglicherweise einziges) Interview verpassen. ABER ich möchte auch auf keinen Fall SO in die Fernsehgeschichte der Martinis eingehen!

Doch die anderen kannten keine Gnade! Oh, Menschen können ja scheußlich egoistisch sein!

Nicht mal Dodo stand mir bei. Auch sie wollte so schnell wie möglich zu Sibylle Hahns *Blau nach zehn* und dort Iris zujubeln. Ja-haha – und natürlich den Kameras ihr blütenschwarz glänzendes, picobello sauberes Seidentop vorführen, das sie sich extra für diesen Abend gekauft hat! (Wie kann man bloß ein Seidentop auswählen, um einen Einbruch zu begehen! Tzzz! – Und wie kann genau dieses Seidentop dann nach dem Einbruch bloß noch so sauber sein? Seufz!)

»Ihre Mutter ist gerade eben auf Sendung gegangen«, sagt der Kerl am Eingang (dessen Klamotten natürlich ebenfalls sauber sind, grrr!) zu uns. »Bitte warten Sie hier, bis die nächste Werbeunterbrechung kommt! Dann bringe ich Sie zu Ihren Plätzen.«

Mich guckt er etwas zweifelhaft an. Und die Hühnerkäfige, die Walter Walbohm und Javi und Ramón sicherheitshalber aus dem Auto mitgenommen haben, guckt er noch zweifelhafter an.

»Das soll aber nicht etwa irgendeine Art politisches Happening werden?«, fragt er misstrauisch.

»Aber nein!«, winkt Walter Walbohm ab: »Das haben wir längst hinter uns. Diese armen Viecher werden wir morgen früh gleich dem Tierschutzbund übergeben. Ich wollte sie nur nicht allein im Auto lassen.«

Und dann erzählt er dem jungen Mann doch glatt treu und ehrlich, was wir gerade eben gemacht haben. Und – glaubt man es? – statt uns sofort der Polizei zu übergeben, reißt der Typ die Augen nur so auf vor Bewunderung.

»Das ist ja der Hammer!«, sagt er immer wieder. »Dass es noch Leute gibt, die Courage haben und sich endlich mal was trauen!«

Und plötzlich guckt er *mich* ganz besonders bewundernd an. »Oh, Ihnen sieht man wirklich an, was Sie geleistet haben!«

Tja, klar habe ich was geleistet! Ich habe mir mit vollem Einsatz einen Sprung in die Eierpaletten geleistet!!

Ohne Rücksicht auf Verluste!!! Gaaanz toll!!!! Aber – bitte – wenn er das gut findet.

Ich schiebe mir – nun schon um einiges selbstbewusster – mein im neuen Eierschalenchic toupiertes Haar zurück, schmiere die Matsche, die ich danach an den Händen kleben habe, an meinem Minirock wieder ab und lächele den Mann gewinnend an. *Nie die Haltung verlieren!*

Der Kerl guckt noch bewundernder. Beinahe sehnsüchtig.

»Sagen Sie«, fängt er plötzlich an, als wäre ihm gerade etwas eingefallen, »hätten Sie vielleicht Lust, mit Ihrer Mission in eine unserer anderen Talkshows zu gehen? Wir brauchen Leute wie Sie! Leute, die Einsatz und Mut zeigen. Ich … ich …« Er schluckt. »Ich könnte Sie mir wirklich *sehr* gut vor einer Kamera vorstellen!«

Ich lächele bescheiden und geschmeichelt. Meine Spezial-Kombination (lange trainiert!).

Oh, ich könnte mich mir auch SEHR gut vor einer Kamera vorstellen! Vor allem *ohne* Eierschalen.

Livi, die neben uns steht, hustet wie ein Walross, das Salzwasser in die Lungen gekriegt hat. Die kleine Öko-Streberin wird mir doch jetzt nicht dazwischenfunken? Bloß weil sie eventuell ein klein wenig mehr über diese komischen notleidenden Federviecher weiß als ich?

Der nette, junge Mann guckt etwas irritiert.

»Sie – äh – ich meine, *du* bist natürlich auch herzlich eingeladen!«, beeilt er sich, zu Livi zu sagen.

Aber Livi lächelt nur freundlich. »Ach, lassen Sie mal! Ich glaube, Talkshows sind nichts für mich. Aber sie sind bestimmt genau das Richtige für meine große Schwester hier. Und ich bin sicher, dass keine unsere Sache besser vertreten könnte als sie. Vielen Dank für Ihr Angebot. Die

Hühner brauchen jede Aufmerksamkeit, die sie kriegen können!«

»Das – ähm – hm, das meine ich aber unbedingt auch!«, versichert der Typ und wendet sich glücklich wieder mir zu. »Darf ich mir dann Ihren Namen und Ihre Telefonnummer notieren?« (Anscheinend denkt er, ich bin viel älter als fünfzehn.)

»Tessa-Tiara Martini«, flöte ich souverän, »und meine Nummer ist …«

Ich bin sicher, es hätten sich in den nächsten Minuten noch mehr fantastische Möglichkeiten für unsere gemeinsame Hühnerschutzaktion ergeben, wenn nicht Javi wieder sein südländisches Temperament herausgekehrt hätte. Ach jeeee! Der Süße! Aber könnte er sich nicht wenigstens ab und zu mal ein wenig zurückhalten? Schließlich geht es doch nur um meine Karriere!

Der junge Mann jedenfalls verschwindet eilig. Allerdings nicht ohne sich sorgfältig meine Nummer in die Hosentasche gesteckt zu haben. Grins! Da kann auch Javier nichts mehr dran ändern.

»So, nun aber Achtung!«, ruft Walter Walbohm plötzlich. »Ich glaube, jetzt kommt gleich die Werbepause und dann huschen wir *gaaanz* leise und unauffällig rein, ja? Wir wollen doch Iris keinen Ärger machen!«

Kenny

Luft anhalten und bis zehn zählen!, sagt Mama, wenn ich so wütend auf Malea bin, weil sie mir all meine Schokolade geklaut hat, dass ich ihr am liebsten die Haare ausrupfen würde. Und Mama sagt auch: Stell dir vor, dass deine Lehrerin ein dickes Loch in ihrem Strumpf im Schuh hat!, wenn ich manchmal vor der Klasse ein Gedicht aufsagen muss, aber so aufgeregt bin, dass ich das Gedicht gar nicht mehr richtig erinnern kann, obwohl ich es total gut gelernt hatte. Und – echt, hihi – das mit dem Loch im Strumpf klappt immer! Ich muss sofort lachen, wenn ich mir unsere Lehrerin mit wackelndem Zeh, der aus dem Loch rausragt, vorstelle. Und wenn ich lache, fällt mir plötzlich auch das Gedicht wieder ein. So einfach ist das! Ich frage mich, ob Mama für sich selbst auch so gute Ideen hat?

Die komisch goldbraun gebratene Sibylle Hahn begrüßt die Kamera, als wäre sie mit ihr befreundet. Uns begrüßt sie überhaupt nicht. Dabei sitzen hier doch mindestens zweihundert Leute direkt vor ihrer Nase.

»Pssst!«, macht Rema hinter mir mahnend.

Als ob ich was gesagt hätte! Mir genügt es völlig, Sinans Apfelkuchengeruch einzusaugen. Mhmmm, lecker!

»... darf ich heute Abend einen ganz besonders interessanten Gast willkommen heißen«, säuselt Sibylle Hahn jetzt in die Kamera, »eine der renommiertesten Autorinnen der Liebeswelt!« Sie macht eine kurze Pause, steht auf, fängt an, in die Hände zu klatschen, und sagt dann mit Strahlelächeln: »Bitte begrüßen Sie mit mir zusammen: *Sandra Samson!*«

»Klatschen!«, wispert Rema hinter mir aufgeregt.

Als ob ich blöd wäre! Das Publikum klatscht genauso artig wie Bentje, Sinan und ich.

Und dann stolpert Mama auf die Bühne.

Huch, wieso stolpert die denn? Sie geht doch sonst ganz normal? Ehrlich, ich wusste ja, dass diese tausend Stolperkabel auf dem Boden total trötedoof sind! Papa hätte echt was sagen sollen! Da kann man doch nur dran hängen bleiben! Besonders wenn man so hohe Hacken anhat wie Mama heute Abend.

Ich gucke mich um und sehe Papa vorwurfsvoll an.

Papa lächelt kuschelhundmilde zurück und begreift überhaupt nicht, was ich von ihm will.

Mama hat es inzwischen geschafft, im Sturzflug halbwegs heil in die Mitte des Studios zu kommen – zum Glück konnte sie sich gerade noch an Sibylle Hahns quiekgelbem Kostüm festhalten, was allerdings mächtig knirschte und jetzt vermutlich einen kleinen Riss hat –, und ist auf eins der Sofas gesunken.

Sibylle Hahn guckt irgendwie nicht mehr ganz so freundlich. Die dumme Kuh! Kann Mama denn was dafür, dass Sibylle keine reißfesten Klamotten anhat?

»Hm, hrmpf, hm«, grunzt Sibylle Hahn grummelig, »also noch mal: Herzlich willkommen!«

»Danke«, haucht Mama schüchtern, »und – äh – guten Abend!« Sie nickt jetzt auch zum Publikum rüber.

»Huhuuu! Mamaaaa!«, rufe ich freundlich. Wird ja mal Zeit, dass wenigstens einer freundlich zu ihr ist.

»Sandra«, fängt Sibylle Hahn jetzt wieder an, »ich darf dich Sandra nennen, wir kennen uns ja zufällig auch privat...« Sie lächelt entschuldigend in die Kameras. Was gibt's denn da zu entschuldigen? Ist ja schließlich nicht Mamas Schuld, dass Sibylle und Gregory neben uns wohnen.

»Sandra...«, brabbelt die goldene Sibylle weiter, »in welchem Alter hast du eigentlich mit dem Schreiben begonnen?«

»Mit dem Schreiben?«, fragt Mama zurück und guckt überrascht und ein bisschen gequält, als hätte sie ein glitzergoldener Elch ins Ohr gebissen.

»Ja, mit dem Schreiben«, wiederholt Sibylle Hahn etwas genervt, »mit dem Schreiben deiner Romane!«

»Oh, mit *dem* Schreiben meinen Sie – äh, meinst *du*«, stottert Mama und sieht nun aus, als versperre ihr der goldene Elch die Sicht. Sie guckt nicht mal mehr in die Kamera, sondern den Kameramann dahinter an, als würde sie hoffen, dass der ihr die Antwort verraten würde.

Macht er aber nicht und so stottert Mama weiter. »Ja, also...« Sie sieht plötzlich unheimlich rot im Gesicht aus. Aber es ist natürlich auch mächtig heiß hier drin! »Ja, also, das Schreiben... Ja, ich – ähm – ich... ich schreibe. Äh, vor allem Romane.«

Sibylle Hahn sieht Mama an, als hätte die nicht mehr alle Henkel an der Suppenschüssel. »Richtig, das wissen wir ja bereits.« Sie bemüht sich, zu lächeln. »Und nun hast du auch noch einen großen Publikumspreis gewonnen.«

Mama nickt hilflos.

»Wie fühlt man sich denn dabei?«, fragt Sibylle Hahn und sieht Mama gespannt an.

Mama guckt suchend ins Publikum. »Ähm, ja, so ein Preis ist… äh… ganz gut, oder?«

Ich drehe mich um. Papa und Rema sehen etwas besorgt aus. Ich bin auch etwas besorgt.

»Was redet Mama denn da für einen Matsch?«, wispere ich zu Rema rüber.

»Ach je«, wispert Rema zurück, »das geht einem so, wenn alle Scheinwerfer und Kameras auf einen gerichtet sind, Kenny. Also, zumindest wenn man das nicht gewohnt ist.«

»Preise sind ja immer schön, nicht?«, redet Mama verzweifelt weiter und versucht auch mal ein Lächeln. Sie sieht aber immer noch so aus, als hätte sie gerade nicht alle Murmeln auf der Rollbahn.

Ich kräusele meine Stirn. Ich will keine Mama haben, die nicht mehr alle Murmeln beisammenhat!

Papa beugt sich zu mir nach vorne. »Mama ist nur schrecklich aufgeregt. Die Ärmste!«

Die Ärmste? Die soll mal bitte ganz schnell mit dem blödsinnigen Aufgeregtsein aufhören! Ich hab schließlich Sinan neben mir sitzen, und der soll nicht denken, dass meine Mama blöd ist!

Jetzt laufen plötzlich Leute mit großen Schildern in der Hand gebückt vor Mama und Sibylle entlang und halten die Schilder vor ihnen hoch. Aber immer noch tief genug, damit das die Kameras nicht aufnehmen können.

»Da steht bestimmt was drauf«, meint Bentje neben mir. »Bestimmt irgendwas, was deine Mama oder Sibylle sagen sollen.«

Aber Mama sieht nur noch verwirrter aus.

»Wir machen eine kurze Werbepause in zwei Minuten«, sagt Sibylle Hahn da zuckersüß zu der Kamera direkt vor ihr, »bis dahin darf ich dich, liebe Sandra...«, sie guckt Mama noch zuckersüßer an, »... bitten, uns noch eine andere Frage zu beantworten. In deinen Romanen durchleben die Frauen alle Arten von Gefühlen, aber am Ende siegt immer die Liebe. Das ist wunderbar und man findet sich sofort wieder. Aber verrate uns bitte – woher weißt du so viel über die Liebe?«

»Die – äh – *Liebe?*«, fragt Mama und sieht nun beinahe aus, als würde sie gleich anfangen zu heulen.

»Ooooh«, macht Papa leise hinter mir, als hätte er sich den großen Zeh in einer Tür geklemmt, »oh, meine arme Iris!«

Mama sitzt einfach nur da und sagt nichts. Sie starrt nur hoch zu Papa. Und da tut Papa endlich was.

Er steht auf und sagt mit lauter Stimme: »Guten Abend, ich bin Cornelius Martini, ich bin Iris' – ähm – ich meine, Sandra Samsons Ehemann.« Eine Kamera schwenkt hektisch in Papas Richtung. »Und meine Frau und ich lieben uns schon so lange und jeden Tag mehr, dass es mich nicht wundert, dass sie so großartige Romane über dieses Thema schreibt.« Ich glaube, Papa ist jetzt ganz groß im Fernsehen zu sehen. »Und wenn ich das noch hinzufügen darf«, redet Papa laut weiter, »ich bin unheimlich stolz auf meine Frau!«

Sibylle Hahn sieht ziemlich überrascht aus. Aber alle Leute im Studio klatschen begeistert. Und Mama... die lächelt plötzlich. Und sieht nicht mehr halb so blöd oder angestrengt oder gequält aus.

Das scheint wohl auch Sibylle zu bemerken, denn sie entschließt sich, Papa zu sich zu winken. »Hallo Cornelius!

Komm doch her und setz dich zu uns und erzähl ein bisschen von eurem Künstlerhaushalt!«

Künstlerhaushalt? Was soll denn das nun wieder sein? Bei uns wohnt doch kein *Künstler*?

»Sehr gerne«, sagt Papa und stapft runter zu den blauen Sofas.

»Oh NEIN! Guck doch!«, quiekt plötzlich eine Stimme aus dem Publikum. »Das ist er, euer Drummer! Der Drummer von Rainbow! Da ist Cornelius! HEY, HALLO CORNELIUS!«

Mama starrt in die Richtung, aus der die Stimme kam, und sieht aus, als hätte ein weiterer Elch zugeschlagen. Diesmal aber volle Kanone. Und mitten ins Gesicht.

Ich verstehe überhaupt nichts mehr.

Doch Papa winkt bloß fröhlich zurück. »Hallo Katrin! Komm doch nach der Show zu uns und lern meine Frau kennen!«

Das Publikum weiß offenbar nicht, ob es noch mal klatschen soll oder nicht. Ich weiß das auch nicht genau. Mama sieht aus, als hätte es sich der Elch mit seinem Hintern mitten auf ihrer Nase bequem gemacht.

»Werbepause!«, sagt Sibylle Hahn da eilig in die Kamera. »Wir sehen uns gleich wieder!«

Also ehrlich, ich hab mir so 'ne Tockschoo ganz anders vorgestellt!

Malea

Wunder gibt es immer wieder!, sagt Rema manchmal. Und ich persönlich glaube allmählich, die sind auch das Geheimnis von James Bonds Abenteuern. Wunder, meine ich. Sachen, mit denen man überhaupt nicht rechnet…

Wir haben alles hier im Vorraum auf einem großen Bildschirm über unseren Köpfen mitverfolgt. Die ganze Show. Na ja, also zumindest, was bis jetzt passiert ist.

»Ach du je!«, sagte Walter Walbohm ab und zu. Und: »Die arme Iris!«

Das habe ich auch gedacht. Auf so einem blauen Sofa zu sitzen, muss ja schlimmer sein, als im Lehrerzimmer erwischt zu werden! Man weiß wohl echt überhaupt nicht mehr, was man sagen soll.

Und als dann plötzlich diese Stimme aus dem Publikum auch noch laut »Cornelius!« rief und die Kamera danach klar und deutlich Frau Katrin *Schlammwälzerin* Dornkater fröhlich winkend zeigte, da wäre ich am liebsten direkt ins Studio gestürmt und hätte der Dornkater eine geklebt. Was denkt die sich eigentlich, hier aufzutauchen! Das ist ja wohl superfrech!

Und daneben sitzt auch noch Matte, Cornelius' Bandkollege. Na, klasse! Der deckt das miese Spiel von Cornelius und der Dornkater wohl auch noch! Unglaublich! Arme Iris! Ich hätte gut verstehen können, wenn sie an dieser Stelle empört aufgestanden und aus dem Studio gestürmt wäre. Ich jedenfalls hätte das getan!

»Jetzt?«, fragen Javier und Ramón, nachdem Sibylle Hahns Gesicht auf dem Bildschirm hastig »Werbepause!« gesagt hat.

Walter Walbohm nickt. »Ja. Aber denkt dran: leise und unauffällig!«

Ich weiß nicht, wie das mit dem unauffällig klappen soll, wenn man so aussieht wie Tessa heute Abend (na gut, ein bisschen klebrig bin ich ja jetzt auch), aber ich muss sagen, sie gibt sich alle Mühe.

In gebückter Haltung – ich hätte es ihr nicht besser beibringen können – schleicht sie auf Zehenspitzen ins Studio und sucht nach unseren Plätzen. Leider sieht sie mit ihrem gelbglibberigen Federschmuck und so nach vornegebeugt einem Huhn zum Verwechseln ähnlich. Na gut, ein etwas ungewöhnlich gelb-blond toupiertes und ziemlich großes Huhn, aber es gibt ja tausend verschiedene Rassen. Sie müsste bloß noch *»Gaaaack!«* machen.

Aber das ist gar nicht mehr nötig. Das Publikum fängt auch so begeistert an zu grölen, als wir den Raum betreten. Und vor Schreck gackern all die armen geretteten Hühner in ihren Käfigen laut mit.

Aurora flattert sofort aus ihrem Korb heraus. Vermutlich hat sie Sorge, dass hier noch mehr Hunde sein könnten, die es auf ihren Liebsten abgesehen haben. (Dabei haben wir Hase zur Sicherheit draußen im Auto gelassen.)

Es ist ein fröhliches Gegackere und Gekichere und – na gut – sehr unauffällig kommen wir also nicht zu unseren Sitzen. Sehr leise auch nicht.

Sibylle Hahn und Iris verfolgen unseren Auftritt mit weit offen stehenden Mündern.

Leider haben sie ihre Münder immer noch nicht wieder zugeklappt, als ein Mann neben einer Kamera laut ruft: »Wir sind wieder auf Sendung. Und AB!«

Und das aufgeregte Hühnergackern und Gelächter der Leute sind auch noch nicht viel weniger geworden.

Aurora hat zum Glück keine weiteren Liebesrivalinnen finden können und flattert jetzt erleichtert zu Iris hin, um sie angemessen zu begrüßen, obwohl ich immer wieder »Hierher, Aurora! Komm zurück!« rufe. Na ja, so ist es eben: Hühner sind nun mal keine Hunde.

Dem Publikum scheint die kleine Auflockerung allerdings zu gefallen.

Und – glaubt man es! – Iris wohl auch. Denn nachdem sie die ganze Zeit über immer entsetzter und entsetzter geguckt hat, prustet sie plötzlich los. Und gackert und lacht und kann überhaupt nicht mehr aufhören. (Also, wenn Iris mal lacht, dann lacht sie! Aber richtig!)

»Hallo Auroralein!«, kichert Iris und kann kaum noch Luft holen. Sie guckt zu uns rüber. »Und hallo, Leute! Nein, Tessa, du hast ja mal wieder etwas ganz Ausgefallenes gefunden heute Abend! Hihihihahaha …«

Tessa macht ihren Rücken steif und guckt Iris missbilligend an.

»Toll, jetzt ist sie komplett durchgeknallt«, brummt meine Eiermatsch-Schwester.

Doch Iris macht überhaupt keinen durchgeknallten Eindruck. Sie lacht nur immer weiter.

»Oh, Sibylle«, keucht sie und muss sich die Seiten halten, um gerade sitzen zu bleiben, »ist das nicht alles furchtbar kohohomisch? Hihihi? Hahahabe ich nicht eine wuhuhunderbare Familihihihlie?«

Es dauert nicht lange, da fängt auch Cornelius neben ihr an zu prusten.

Und Sibylle, die leider überhaupt nicht begreift, wieso hier so viele Hühner sind, kichert plötzlich ebenfalls. Lachen ist einfach ansteckend.

»Aber…«, versucht sie, sich mühsam zu beherrschen, »aber – hihi – erklärt mir doch bitte kurz, warum eure Familie all die Hühner mitgebracht hat?« Sie guckt uns alle ratlos an. »Und mein – äh – mein Sohn auch!?! Gregory, was um alles in der Welt soll das bedeuten?«

Das Publikum, das nun begreift, dass einer von uns sogar Sibylle Hahns eigener Sohn ist, lauscht umso gebannter.

Und da steht Rema, unsere liebe Rema, einfach auf und gibt ganz freundlich eine ruhige Erklärung ab.

Dass diese Hühner soeben dem Tod entronnen sind.

Und dass wir die armen Tierchen unter großer Gefahr gerettet haben.

Und dass es leider nicht anders ging, als sie ins Studio mitzubringen, weil wir die Hühner ja schlecht auf der Straße lassen konnten und wir sie morgen früh sofort dem Tierschutzbund übergeben wollen.

Ich denke, dass es wahrscheinlich ziemlich klug ist, all das laut im Fernsehen zu sagen, denn jetzt gibt es kein Zurück mehr, und die Leute können sich direkt am Bildschirm davon überzeugen, was für ein Tierquäler dieser Hühnerfarmbesitzer ist.

Im Studio ist es mit einem Mal mucksmäuschenstill.

Keiner lacht mehr. Alle schauen uns bewundernd an. Und als Rema geendet hat, ertönt lauter Beifall.

Iris und Cornelius gucken allerdings noch ziemlich verblüfft. »Ihr habt … tatsächlich die Hühner befreit?«

Walter Walbohm, Dodo, Ramón, Livi, Gregory, Henry, Javier, Eidotter-Hühnerfeder-Tessa und ich nicken stolz.

»Was für eine Familie!«, bricht es aus Sibylle Hahn heraus.

Papa antwortet lieb lächelnd: »Ja, aber dein Sohn ist auch nicht übel!«

Und da sieht Sibylle Hahn doch tatsächlich richtig froh und ja, irgendwie sogar mütterlich aus. Hätte ich ihr gar nicht zugetraut.

Mit einem Mal lächelt sie auch wirklich nett in die Kamera, kein bisschen künstlich mehr.

»Liebe Zuschauer«, verkündet sie stolz, »darf ich Ihnen meinen Sohn Gregory und seine Freundin Olivia Martini vorstellen?« Sie winkt Livi und Gregory zu. »Los, kommt runter, Kinder! Erzählt uns mal genau, was ihr eben gemacht habt!«

Und Livi und Gregory humpeln mit Gips und Beinschiene tatsächlich nach unten und quetschen sich mit einem ebenfalls stolzen Lächeln im Gesicht neben Iris und Cornelius auf die freien Ecken des Sofas.

Danach geht eine heftige Diskussion um Hühnerhaltung und Tierschutz los. Und das Publikum darf sogar Fragen stellen. Ein großer Mann in einer der hinteren Reihe meldet sich und will wissen, ob Sibylle Hahn diese Aktion unterstütze.

Die Kamera schwenkt auf ihn und ein Scheinwerfer leuchtet ihn an. Und – oh, du dicke Geheimdienstwelt – es ist unser Schuldirektor Herr Grünberg!

Sibylle Hahn fällt das Lächeln komplett aus dem Gesicht. Statt auf die Frage zu antworten, haucht sie nur: »*Goldi*! Was machst DU denn hier?«

Goldi? Sie nennt unseren Direktor GOLDI?? Hä??? Hab ich irgendwas verpasst? Gregorys Mutter kennt Herrn Grünberg?

Doch im Nu wird mir meerwasserklar, dass Sibylle ihn sogar ziemlich gut kennen muss. Denn als Herr Grünberg jetzt freundlich »Hallo Sibylle, lange nicht gesehen! Wie geht es dir?« sagt, wird Sibylle Hahn knallrot wie eine Tomate, die in der afrikanischen Sonne brutzelt.

»G-g-goldi!«, stammelt sie noch mal. »Ja, Gerold! Du meine Güte! Ich ... ich weiß gar nicht, was ich sagen soll!«

Das weiß, glaube ich, keiner im Moment so recht. Auch Kenny nicht.

Ich höre, wie Bonbon-Bentje sich zu ihr rüberbeugt und murmelt: »Echt, du, meine Mama hat vorhin gesagt, dass so eine Tockschoo für uns wahrscheinlich voll langweilig sein wird. Aber echt, Kenny, echt, ich finde, mit deiner Familie ist es nirgendwo langweilig!«

Und dann kneift sie Kenny glücklich ins Bein.

»Autsch!«, macht Kenny. Aber sonst sagt sie nichts.

»Toll!«, sagt dafür Sinan neben ihr. »Voll toll ist das hier!«

Und als ich mir jetzt Sibylle und Gerold Grünberg und Iris und Cornelius und überhaupt alle hier etwas genauer angucke, da – genau da – kriege ich auch langsam ein klitzekleines, tolles Gefühl im Bauch. So ein Gefühl, als ob gerade irgendwas richtig Gutes passiert, nur dass man noch nicht so ganz genau weiß, was. Denn eigentlich verstehe ich im Moment bloß Meeresfrüchtekompott. Aber ich spüre spioninnendeutlich, dass es hier überall kribbelt und knistert.

Sogar so sehr, dass man es kaum noch aushalten kann!

Tessa

Sekt und Ei
und ein bisschen Liebelei – hicks –,
machen fröhlich und frei,
auch wenn der Brei aus Ei
immer noch klebt wie Klei(ster),
aber das ist einerlei!
Ende gut, alles gut,
Javi gut küssen tut!

Was für eine Show! Und ich schieße mal wieder den – hihihi, im wahrsten Sinne des Wortes – Vogel ab!

Wie viele Fotografen sich nach der Talkshow um mich gedrängelt haben! Na gut, erst *nachdem* sie Iris abgelichtet hatten, aber ich war eine ganz klare Nummer zwei! Olé! Oh, ich werde bestimmt als neue Trendsetterin in den Hochglanzmagazinen gehandelt werden!

Was für ein Glück, dass wir so einen Tumult verursacht haben, denn erst dadurch hat sich Iris vor der Kamera von Minute zu Minute mehr entspannt. Und als das ganze Hühnerthema ausgiebig diskutiert war (Livi kann superzufrieden sein! So viel Aufmerksamkeit hat sie noch nie für eine ihrer Aktionen gekriegt. Sollte mich eben öfter mitnehmen!), da konnte Iris endlich richtig locker und spannend von ihrer Schreiberei erzählen und hat sogar ein paar echt nette Gags von unserer Familie einfließen lassen, hihihi!

Jetzt stehen wir hier in einer netten kleinen Bar-Location direkt neben dem Studio und Dodo, Ramón, Javier, Henry und ich, und die Erwachsenen natürlich sowieso, haben ein sprudelig prickelndes Glas Sekt in der Hand. Auch wenn meins und Dodos nur halb gefüllt sind. Knauser!

(Kenny, Bonbon-Bentje und Sinan wollten auch eins, aber Cornelius hat sich nur freundlich an die Stirn getippt.)

Ups, ich glaube, einen klitzekleinen, feinen Schwips habe ich vielleicht schon, hicks! Aber natürlich lässt sich eine echte Lady so was nie anmerken! Am besten, ich mach mich mal über die leckeren kleinen Appetithäppchen da vorne am Büfett her.

Gerade hat sich unser Schuldirektor Gerold Grünberg ein Stück Käse mit fetter Weintraube obendrauf in den Mund gesteckt – habe ich mich da verhört oder nennt Sibylle Hahn ihn tatsächlich *Goldi*? – und winkt mir fröhlich beim Weggehen zu. Wirklich ein netter Typ irgendwie.

Obwohl er leider ganz grässliche pädagogische Ideen hat! Also diese Sache mit dem Nachmittagssportkurs … Bloß weil Dodo und ich mal ein bisschen auf einer Leiter gestanden haben! Na, vielleicht können wir ja am Montagmorgen darüber noch mal in aller Ruhe reden. Werde auf jeden Fall meinen streberhaftesten Minirock anziehen (vielleicht den mit dem Leopardenmuster und den Schlitzen an der Seite?) und einen superguten Musterschülerinnen-Eindruck machen.

Jetzt stellt er sich gerade wieder zu Sibylle Hahn und Gregory. Möchte mal wissen, woher Sibylle den kennt. Er ist doch eben erst in unsere Stadt gezogen.

Dort hinten stehen auch Iris und Cornelius mit Cornelius' Bandkumpel Matte (der eigentlich Mathias Melcher heißt, aber fast so lange Haare wie Cornelius hat und deswegen Matte genannt wird) und seiner neuen Freundin – die *unfassbarerweise* Frau Dornkater aus unserer Schule ist. Die Welt ist doch echt 'ne Streichholzschachtel!

Und – haha – meine Schnüffel-Schwester Malea ist schon wieder auf James-Bond-Kurs und beschattet die vier, was das Zeug hält. So megaunauffällig, wie sie um die herumschleicht, könnte sie eigentlich gleich ein Tonbandgerät einen Zentimeter entfernt unter ihre Nasen halten. Ist das wirklich so interessant, was die da reden? Muss auch mal ein bisschen näher rangehen.

Hm, die Lachshäppchen sind wirklich lecker. Nun noch ein Schlückchen Sekt, hicks!

Was sagt Cornelius gerade? Dass es verrückt ist, wie sich manchmal harmlose Missverständnisse zu einem grässlich großen Elefanten aufbauschen? Und dass man doch viel öfter und direkter miteinander reden sollte? Was bitte meint er denn damit? Ach du dicke Laufmasche, jetzt erzählt er den anderen doch tatsächlich, dass Iris dachte, er habe ein Verhältnis mit Katrin!

Mit Frau Dornkater??? Ich werd verrückt, hicks! Wie kommt Iris bloß auf so einen Blödsinn!

Jetzt macht Cornelius Matte auch noch Komplimente, so eine nette Freundin wie Katrin Dornkater gefunden zu haben. Na, übertreib's mal nicht, alter Schleimer!

Und die Dornkater, die alte Schnepfe, macht Komplimente zurück und sagt, wie selten es ist, von einem Musiker auf einem Festival den ganzen Abend nur zu hören, wie sehr er seine Frau liebt, und wie schade Cornelius es findet, dass diese Frau nicht ebenfalls hier ist. Und dass er deshalb wirklich und wahrhaftig eine ganz extra Nummer sei. Und dann lächelt sie ihren Matte an und behauptet, dass es aber genauso ein Riesenglück gewesen sei, dass sie durch Cornelius Matte kennengelernt habe.

Was für einen Schmalz diese Erwachsenen am Abend schwafeln, also echt!

Und Iris lächelt Cornelius die ganze Zeit auch noch so strahlend an, als hätte er gerade um ihre Hand angehalten. Dabei sind die doch schon mindestens fünfzig Jahre verheiratet.

Tzzz. Wer will schon Eltern verstehen? Na ja, wenigstens scheinen sie das Streiten aufgegeben zu haben. Ist ja auch schon was!

Nun lässt endlich auch Malea das Beschatten sein. Stattdessen kommt sie zu mir rüber.

»Tessa? Gibst du mir ein Schlückchen Sekt ab? Bitte!«

»Wieso?« Ich bin mir sicher, dass Cornelius mir kein zweites Glas erlaubt (und erst recht kein Schlückchen für Malea), deswegen will ich mir meine Ration sparsam einteilen.

»Weil ich was zu feiern habe!«, verkündet Malea, als hätte sie gerade eine Zeugnis-Eins in Geschichte bekommen.

»Was hast du denn zu feiern?«, frage ich neugierig.

»Dass Matte eine neue Freundin hat!«, strahlt Malea.

Na ja, manchmal hat Malea echt nicht alle Schuppen an der Krone. Aber sie ist meine Schwester und ich hab sie wirklich lieb. Also gebe ich ihr ein klitzekleines winziges Schlückchen ab. Auch wenn ich finde, dass die Tatsache, dass der arme Matte nun mit Frau Dornkater abhängen muss, echt kein Grund zum Feiern ist. Aber bitte! Wo die Liebe hinfällt!, sagt auch Rema immer.

»Brrrrr!«, macht Malea und schüttelt sich. »Sauer!« Aber dann lächelt sie. »Ist das nicht ein toller Abend?«

Erstaunlich, ich habe sie schon lange nicht mehr so gut gelaunt gesehen.

»Ja, ganz nett«, stimme ich ihr zu, aber das ist natürlich leicht untertrieben. Es ist ein so rundum wunderbarer Abend, dass ich auch ohne Sekt in wunderbarster Stimmung wäre.

Wie beinahe jeder der hier Anwesenden, wie es aussieht. Man braucht sich da vorne nur mal Sibylle und Gregory und Gerold Grünberg angucken. Obwohl Gregory ein klein bisschen verschreckt wirkt. Wie ein Schäfchen, das seine Herde verloren hat. Seine Mutter strahlt dafür umso mehr, als hätte sie nie einen schöneren Mann als Herrn Grünberg zu Gesicht bekommen. Na ja, er sieht ja auch wirklich gar nicht schlecht aus!

Ganz hinten in der dunkelsten Ecke knutschen Dodo und Ramón. Endlich! Da will ich lieber nicht stören!

Und davor sitzen Rema und Walter Walbohm an einem Tischchen und lächeln sich stumm an. Dass Henry und Livi und Javier auch noch mit am Tisch sitzen, merken die vermutlich gar nicht, hihi!

Und – och, wie süß! – in der anderen Ecke steht Kenny und hält Händchen mit diesem schnuckeligen Sinan. Wie nett ist das denn! Nur – oh je – Bonbon-Bentje steht daneben und zieht ein ziemlich zickiges Zwiebelgesicht. Und die arme Kenny strahlt zwar aus allen Knopflöchern, aber traut sich nicht mehr, Bonbon-Bentje anzugucken.

Ich stiefele mal schnell rüber. Schwestern müssen zusammenhalten.

»Hey Bentje«, sage ich, »wollen wir beide das Nachtisch-Büfett stürmen? Da vorne werden gerade köstliche Kuchen und Puddings angerollt!«

»Echt?«, macht Bonbon-Bentje. »Echt? Oh, okay, warum nicht!«

Und schon hat meine kleinste Schwester freie Fahrt und Bonbon-Bentje gleich wieder ein bisschen bessere Laune. Und – jammi! – die kleinen Sahnetörtchen sind wirklich klasse! (Was für ein Glück, dass Iris nicht für ein Kochbuch ausgezeichnet wurde, sonst wären das hier vielleicht alles ihre Rezepte gewesen!)

Als ich das siebte Törtchen diskret verdrückt habe (man will ja nicht gierig erscheinen), fällt mein Blick wieder auf Gregory und seine Mutter. Dieser Gerold Grünberg steht immer noch bei ihnen, als wäre er angewachsen. Was haben die denn bloß so viel zu reden? Und warum sitzt Gregory nicht bei Livi und den anderen? Er ist doch sonst nicht so wild auf seine Mutter.

Ich schlendere mal ein bisschen näher ran. Also, was das Unauffällig-Sein angeht, da kann Malea noch 'ne Menge von mir lernen!

Ich spitze meine Ohren und tue dabei so, als würde ich mir nur mal ganz gemütlich die Gegend angucken.

»... hätte ich nicht gedacht, dass du noch mal nach Deutschland zurückkommen würdest«, beendet Sibylle Hahn gerade ihren letzten Satz und krallt sich an ihrem Glas fest.

»So? Dachtest du nicht?«, wiederholt Gerold *Goldi* Grünberg und schaut ihr tief in die Augen. »Ich wollte dich gerne wiedersehen. Und als sich mir die Direktorenstelle hier bot, habe ich zugegriffen. Das überrascht dich?«

»Na ja«, macht Sibylle und zupft ein wenig an dem Riss in ihrem eiergelben, todschicken Kostüm herum.

»Und dachtest du auch nicht, dass *du* vielleicht vergessen hast, mir etwas zu sagen?«, setzt Gerold Grünberg dann ernster nach.

»Also, weißt du…«, nuschelt Sibylle verlegen. (Wieso glotzt sie jetzt so komisch zu Gregory rüber?) »Ich… ich hatte ja nicht mal deine Adresse. Du bist einfach abgehauen, und ich wusste nur, dass du an irgendeiner Schule in England unterrichtest.«

»Du wusstest, dass ich in Bristol bin«, sagt Gerold Grünberg. »Du hättest mich finden können, wenn du gewollt hättest.«

Sibylle Hahn starrt wortlos in ihr leeres Glas. Und dann seufzt sie tief.

Gregory tritt unsicher von seinem gesunden Bein auf das kranke und dann schnell wieder zurück. »Ich gehe dann mal zu Livi rüber, okay Mama?«

»NEIN!«, rufen Sibylle Hahn und Gerold Grünberg da gleichzeitig, sodass ich vor Schreck fast den kostbaren Rest meines Sektes verschütte.

Also, das ist doch nun aber merkwürdig. Wieso lassen sie den armen Gregory nicht gehen? Offenbar hatten die beiden mal eine kleine Liebesaffäre, aber wieso soll Gregory denn die ganze Zeit dabeistehen und ihnen zuhören?

»Ich nehme an, deine Mutter hat dir noch was zu sagen«, beantwortet jetzt Goldi Grünberg meine Frage. »Oder soll das lieber ich übernehmen, Bille?«

»Nein, nein«, beeilt sich Sibylle Hahn zu sagen. »Ich

mach's schon.« Sie dreht sich zu Gregory. »Also, die Sache ist die, Greg, mein Schatz, Gerold hier… also Gerold ist… ist…« Ihre Stimme wird immer leiser. Ich muss mich mächtig anstrengen, um alles mitzukriegen. »… also Gerold ist dein … *Vater.*«

UPS! Nein, nun ist mein Sekt doch übergeschwappt!

Ich starre Gregory und seine Mutter und seinen – oh, mein Gott! – *Vater* nun ganz offen an.

Gregory starrt noch mehr. Von seiner Mutter zu Gerold Grünberg und zurück zu seiner Mutter.

Auf Gerold Grünbergs Gesicht liegt eine Mischung aus sanftem Lächeln und Unsicherheit.

»Ich habe… ich habe es auch gerade erst vor ein paar Tagen… erahnt«, sagt er leise.

Och nee, das ist ja…! Das ist ja…! Mir ist der verschwappte Sekt totalmente egal. Stattdessen merke ich, wie mir was die Wangen runterläuft.

Javier steht plötzlich neben mir. »Tessa, mi amorrr, was ist denn los? Du weinst ja!«

»Da!« Ich kann nur stumm auf Gregory und Gerold Grünberg deuten. »Das da! Weißt du, wer das ist?«

»Grrregorrry?«

Oh, Mann, Javi versteht kein Wort. Typisch Junge!

»Nein, burro, Blödi!«, sage ich freundlich, aber vor Rührung schniefe ich leise. »Ich meine doch seinen Vater!«

»Seinen… *Was?*« Nun begreift Javier doch. »Bist du dirrr sicher?«

Ich nicke glücklich lächelnd und wische mir zwei bis fünf Tränen aus dem inzwischen getrockneten Eiermatsch unter meinem Auge. »Guck doch! Und hör zu!«

Wir lauschen beide noch eine kleine Weile, bis wir beschließen, dass wir nun genug gelauscht haben.

Und dann zieht Javi mich ein Stückchen weg, nimmt mich in den Arm und küsst mich ganz, *gaaanz* lange.

Ach, das Leben ist schön! Die Liebe ist noch schöner! Und ich möchte nie eine andere Familie haben als unsere!

Livi

Gregory ist und bleibt meine beste Freundin! Es ist unglaublich schön, zu sehen, wie sich plötzlich alles in seinem Leben verändert! Dass sein Vater einfach aufgetaucht ist, gerade als wir uns das so sehr wünschten, ist immer noch wie ein Wunder, finde ich. Aber Gerold sagt, dass er schon immer vorgehabt hätte, zurückzukommen, und wenn er auch nur einen Hauch einer Ahnung gehabt hätte, dass hier ein Sohn auf ihn wartet, dann wäre er vielleicht überhaupt nie weggegangen. Ich glaube, er mag Sibylle Hahn wirklich gern. Und ich muss zugeben, seitdem Gerold regelmäßig sie und Gregory besucht, ist sie ein viel netterer Mensch. Sie lacht viel mehr und geht zu viel weniger Partys. Sie kocht sogar ab und zu und hat auch uns alle schon zweimal eingeladen. Und neulich sagte Gregory tatsächlich, sie hätten gerade über einen gemeinsamen Urlaub geredet. Wahnsinn!

Aber auch Gregory hat sich verändert. Oder nein, vielleicht hat er sich gar nicht verändert, vielleicht ist er nur einfach viel, viel mehr Gregory geworden, als er es vorher war. Er ist größer und stärker und sieht einfach jeden Tag unglaublich gut aus. (Oder ist mir das vorher nur nicht aufgefallen?) In der Schule ist es mir sogar schon ein paar Mal passiert, dass ich Daniel glatt übersehen habe, wenn Gregory in der Nähe war. Sehr merkwürdig.

Gerold hat gesagt, dass er uns helfen wird, eine eigene Webseite einzurichten, die Auroras Freunde *heißen soll. Dort wird es nicht nur Infos zur Hühnerhaltung geben, sondern allgemein um den Tierschutz gehen. Ich glaube, der Tierschutz könnte ein richtiges Schwerpunktthema für mich werden. Und Gregory ist davon auch total begeistert. Ach, manchmal glaube ich, dass es ab und zu wirklich kleine Wunder gibt im Leben. Und wie wunderbar ist das!*

Malea

Alles ist in Lachsbutter! Iris und Cornelius haben sich wieder voll lieb! Denn es war gar nicht Cornelius, mit dem die Dornkater im Matsch gelegen hat, sondern Matte! Hurra! Dann mal viel Spaß bei weiteren Schlammschlachten, Matte und Katrin Dornkater! Zur Hochzeit werden Rainbow spielen, hat Matte gesagt, und wir alle sind natürlich eingeladen.

Ob ich eine Sechs im Zeugnis in Geschichte kriege, weiß ich noch nicht. Gerold Grünberg (der plötzlich – unglaublich – Gregorys Vater ist!) hat gesagt, wenn ich von jetzt an richtig büffele und die Nachhilfe für die Jüngeren ernst nehme, dann hätte ich durchaus noch gute Chancen, daran vorbeizurutschen. Und – ehrlich – wenn man eine Weile in diesen Geschichtsbüchern liest, ist das ganze Zeug eigentlich richtig spannend. Nicht ganz so spannend wie James-Bond-Filme, aber doch gar nicht so übel. Mal sehen! Ich habe jedenfalls nicht vor, noch mal bei irgendwelchen Arbeiten zu schummeln (äh, außer Miri darf wieder neben mir sitzen), das ist mir einfach zu anstrengend. Und außerdem – wer weiß, was sich Gerold Grünberg DANN einfallen lassen würde!

Kenny

Ich glaube, das neue Jahr kann doch so tolle Sachen wie Liebe machen. Also jedenfalls, wenn man sich das richtig doll wünscht. Und das habe ich mir. Sinan und ich gehen jetzt zusammen. Das bedeutet, dass er jeden Tag in der Schule »Hallo« zu mir sagt. Auch wenn Bentje das doof findet. Und einmal war ich schon bei ihm zu Hause und wir haben Fußballbilder angeguckt und dabei hat er wieder meine Hand gehalten. Und ist das schön oder ist das schön?

Jessa

Friede, Freude, Eierschalen! Livi ist glücklich (weil die Hühner gerettet sind), Kenny ist glücklich (weil der süße Sinan sie offenbar mag), Malea ist glücklich (warum, weiß ich immer noch nicht, aber Maleas Stimmungen kommen und gehen wie die unberechenbaren Wellen in Iris' Liebesschmökern), Iris und Cornelius sind glücklich (warum, versteh ich ebenfalls nicht so ganz genau, aber Eltern sind generell undurchschaubar), Rema ist glücklich (und Walter auch), und Javi und ich sind so glücklich, dass die spa-

nischen Vokabeln plötzlich fast von allein in mein Hirn fliegen. Viva España!

Der kaputte Dachstuhl bei uns ist endlich repariert, und nicht mal Cornelius wird es schaffen können, ihn noch mal zum Einsturz zu bringen.

Gregorys Vater, Gerold Grünberg, hat Dodo und mich und Malea tatsächlich dazu verdonnert, einmal in der Woche bei einer Sport-AG mitzumachen. Na ja, ich nehme das mal ganz sportlich. Schließlich schadet ein bisschen Fitness vermutlich nicht.

Jetzt weiß ich auch, an wen mich Gerold Grünberg bei unserem ersten Zusammentreffen auf dem Marktplatz erinnert hat. An Gregory natürlich!

Am Morgen nach dem Eiermatsch-Abend fühlte sich meine Haut übrigens weicher an als je zuvor und ich tüftele seit ein paar Tagen an einem genauen Rezept für eine Eierschaum-Hautkur. Das werden Dodo und ich dann als absolute Weltneuheit in unser Buch »Flirten, Stylen und andere Lebenstipps« mit reinnehmen. Geniale Idee, oder?

Ehrlich, ich finde, das neue Jahr hätte nicht besser anfangen können! El año se presenta muy bien!

Dagmar H. Mueller

Die Chaosschwestern

Vier Schwestern + x Geheimnisse = 100 % Gute-Laune-Garantie

Verträumt und ruhig liegt die alte Villa da. Aber nicht mehr lange! Die Schwestern Tessa, Livi, Malea und Kenny halten Einzug – und mit ihnen quirlig-buntes Chaos. Die vier haben alsbald ihre Fangemeinde in der Nachbarschaft gefunden, sodass hastdunichtgesehen ein verrücktes Huhn, der beste Geheimclub aller Zeiten und ein spanisches Geheimnis zum Haushalt gehören. Und damit geht es erst richtig los!

Die Chaosschwestern legen los!
256 Seiten, ISBN 978-3-570-22224-9

Die Chaosschwestern sind unschlagbar!
256 Seiten, ISBN 978-3-570-22231-7

Die Chaosschwestern starten durch!
240 Seiten, ISBN 978-3-570-22357-4

Die Chaosschwestern voll im Einsatz!
240 Seiten, ISBN 978-3-570-22463-2

Die Chaosschwestern sind die Größten!
240 Seiten, ISBN 978-3-570-22549-3

Die Chaosschwestern gegen den Rest der Welt!
240 Seiten, ISBN 978-3-570-22602-5

Die Chaosschwestern leben wild!
ca. 240 Seiten, ISBN 978-3-570-22640-7

cbt

30330_7

www.cbj-verlag.de

Noch mehr Spaß mit den Chaosschwestern unter: www.die-chaosschwestern.de

»Man kann doch unmöglich immer nur lesen! Manchmal braucht man ja auch ein wenig Abwechslung und Abenteuer, findet ihr nicht auch? Wie wär's mit einem spannenden Persönlichkeitstest? Oder einem verzwickt-verzwackten Schiebepuzzle, lustigen E-Cards oder gar mit einem lohnenden Gewinnspiel? Schaut doch mal nach unter **www.die-chaosschwestern.de**.

Dort erfahrt ihr auch alles über unsere Autorin und natürlich unsere Bücher! Viel Spaß wünscht eure Malea.«

10219

cbj

www.cbj-verlag.de